光文社文庫

長編時代小説

異館

吉原裏同心(11)
決定版

佐伯泰英

KOBUNSHA

九

目次

第一章　謎の辻斬り……9
第二章　長い一日……72
第三章　千切れた裾……132
第四章　宮　参　り……195
第五章　壺振りお千……258

新吉原廓内図

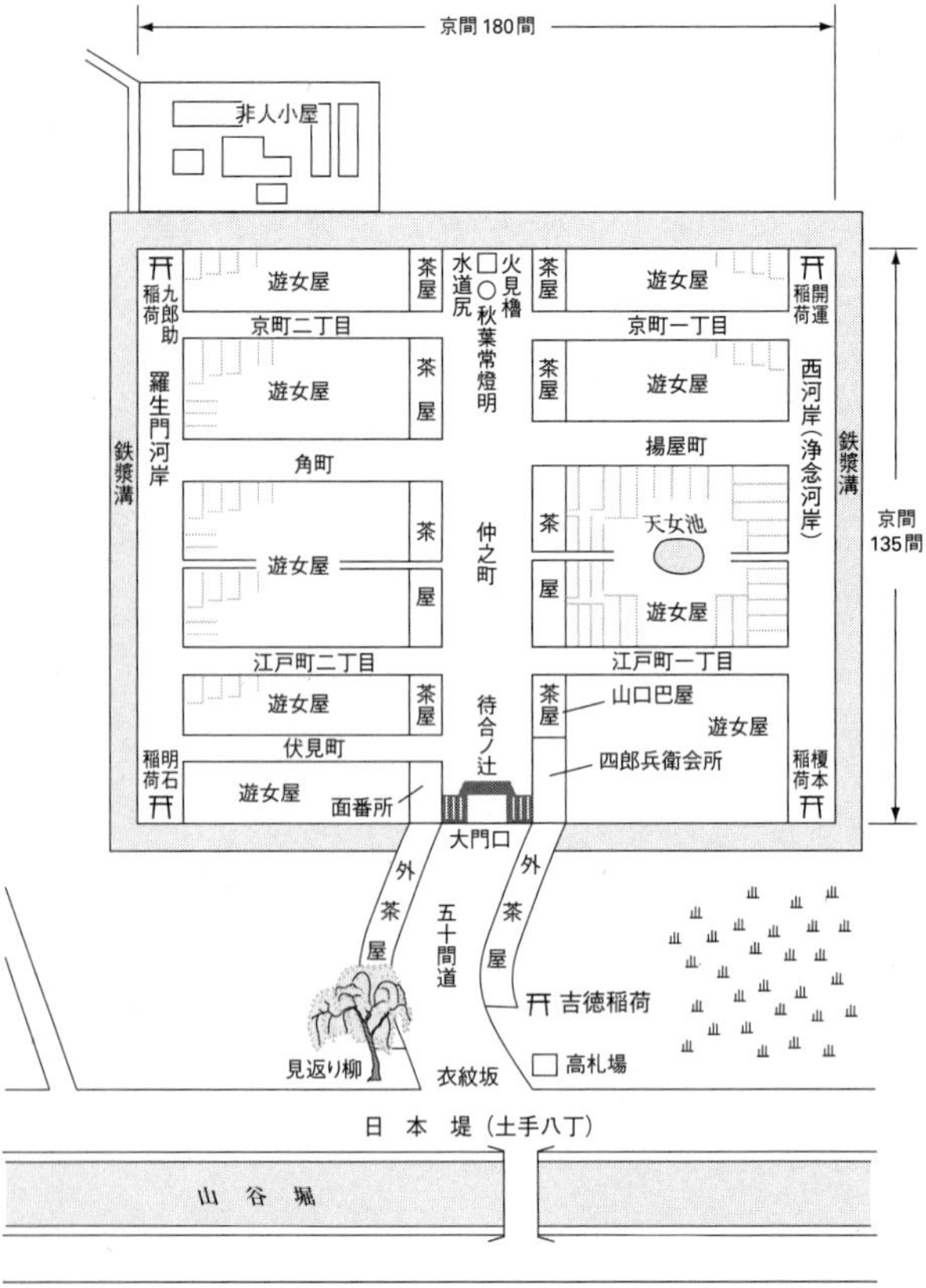
京間180間
非人小屋
稲荷 九郎助
遊女屋
茶屋
水道尻
火見櫓
秋葉常燈明
茶屋
遊女屋
稲荷 開運
京町二丁目
京町一丁目
羅生門河岸
遊女屋
茶屋
茶屋
遊女屋
西河岸（浄念河岸）
鉄漿溝
揚屋町
鉄漿溝
角町
京間135間
茶
仲之町
茶
天女池
遊女屋
屋
屋
遊女屋
江戸町二丁目
江戸町一丁目
遊女屋
茶屋
待合ノ辻
茶屋
山口巴屋
遊女屋
伏見町
四郎兵衛会所
稲荷 明石
遊女屋
面番所
稲荷 榎本
大門口
外茶屋
五十間道
外茶屋
吉徳稲荷
見返り柳
衣紋坂
高札場
日本堤（土手八丁）
山谷堀

北
東
南
西
荒川
千住大橋
鐘ヶ淵
隅田村
田端
駒込
日暮里
三河島
谷中
千住道
小塚原
日本堤
隅田川
寺島村
金杉上町
新吉原
今戸町
千駄木
白山
鷲神社
山谷堀
下谷
東叡山寛永寺
浅草寺
小梅村
今戸橋
根津権現
東本願寺
浅草花川戸町
御薬園
小石川
本郷
中堂
幡随院
広徳寺
阿部川町
吾妻橋
伝通院
不忍池
新堀川
田原町
竹町ノ渡し
三間町
菊坂町
池之端仲町
下谷広小路
御徒町
並木町
駒形堂
湯島天神
水戸徳川家
春日町
蔵前
北割下水
牛込
森田町
御米蔵
石原町
神田川
神田明神
外神田
向柳原
神楽坂
牛込御門
小石川御門
水道橋
天王町
浅草橋
柳橋
御竹蔵
南割下水
番町
昌平橋
筋違御門
和泉橋
柳原土手
両国広小路
本所
市谷
田安御門
俎板橋
雉子橋御門
一ツ橋御門
内神田
馬喰町
両国橋
回向院
清水御門
神田橋御門
市谷御門
竪川
小伝馬町
今川橋
日本橋
新大橋
常盤橋御門
北町奉行所
小名木川
室町
麹町
江戸城
半蔵御門
呉服橋御門
江戸橋
仙台堀
深川
日本橋
南茅場町
西之御丸
材木町
南町奉行所
鍛冶橋御門
永代橋
京橋
組屋敷
八丁堀
霊岸島
富岡八幡宮
桜田御門
赤坂御門
永田町
数寄屋橋御門
西本願寺
石川島
越中島
山王日枝神社
新橋
築地
佃島
溜池
幸橋御門
汐留橋

『異館』主な登場人物

神守幹次郎……豊後岡藩の元馬廻り役。幼馴染で納戸頭の妻になった汀女とともに、逐電。その後、江戸へ。吉原会所の七代目頭取・四郎兵衛と出会い、遊廓の用心棒「吉原裏同心」となる。

汀女……幹次郎の妻女。豊後岡藩の納戸頭藤村壮五郎の妻となっていたが、幹次郎とともに逐電。遊女たちの手習いの師匠を務め、また浅草の料理茶屋・山口巴屋の商いを手伝う。

四郎兵衛……吉原会所の七代目頭取。幹次郎を吉原裏同心に抜擢。幹次郎・汀女夫妻の後見役。

仙右衛門……吉原会所の番方。四郎兵衛の腹心で、吉原の見廻りや探索などを行う。

玉藻……引手茶屋・山口巴屋の女将。四郎兵衛の実の娘。

村崎季光……吉原会所の前にある面番所に詰める南町奉行所隠密廻り同心。

足田甚吉……豊後岡藩の元中間。幹次郎・汀女の幼馴染。藩の務めを辞した後、吉原に身を寄せる。

薄墨太夫……人気絶頂、三浦屋の花魁。

異館——吉原裏同心（11）

第一章　謎の辻斬り

一

天明《てんめい》八年（一七八八）正月三十日未明、江戸から遠く離れた王城《おうじょう》の地で未曾有《みぞう》の火事が起こった。

四条《しじょう》の浮橋《うきはし》の南、宮川町団栗辻子《みやがわちょうどんぐりのづし》の空き家から上がった不審火は、折りからの強風に煽《あお》られて、瞬《また》く間に鴨川《かもがわ》を越えて寺町通《てらまちどおり》の永養寺《えいようじ》に飛び火した。

京じゅうに早鐘が鳴り響き、人々は風下に向かって必死で避難した。勢いを増した火は西に移り、昼下がりになって二条城《にじょうじょう》の本丸御殿と隅櫓《すみやぐら》が焼失した。

寺町から北へと広がった火は誓願寺《せいがんじ》付近でいったん弱まった。境内に避難していた大勢の人々がほっとしたのも束の間《つかのま》、河原町通《かわらまちどおり》沿いに新たな火が生じると誓願寺を猛炎となって襲い、多くの犠牲者を出した。

炎は夜になっても止《や》むことはなかった。

禁裏《きんり》の南に立地する公家《くげ》屋敷まで炎が迫り、公家衆は伝来《でんらい》の家宝を背に鴨川の河原に逃げた。

禁裏では宝永《ほうえい》五年（一七〇八）の宝永の大火にならい、光格《こうかく》天皇がその日の内に下鴨《しもがも》神社行幸《ぎようこう》を行われたが、禁裏炎上の知らせに仮御所となる聖護院《しようごいん》に入られた。

火は二日目になっても勢いが衰《おとろ》えず、三日目の明け方ようやく鎮火《ちんか》した。

焼失した町千四百二十四、焼失家屋三万七千余軒、焼失寺社二百八十八、京の町の半分が炎に呑《の》み尽くされた。

この京を襲った未曾有の火事、出火地にちなんで、

「どんぐり焼け」

と呼ばれて江戸をも驚愕《きようがく》させた。

神守幹次郎《かみもりみきじろう》が吉原会所《よしわらかいしよ》の小頭《こがしら》の長吉《ちようきち》、若い衆《し》の金次《きんじ》、それに五十間道《ごじつけんみち》の引手《ひきて》

茶屋《ぢゃや》の相模屋《さがみや》の番頭だった早蔵《はやぞう》と、さらには悪党一興堂風庵《いっこうどうふうあん》一味から取り戻した相模屋の娘おさんら三人を伴《ともな》い、江戸に戻ったのは天明八年の二月初旬のことだった。

吉原は前年の火事で未《いま》だ仮宅《かりたく》での商いをしていた。だから、吉原会所も山谷堀《さんやぼり》の今戸《いまど》橋際《ばしぎわ》の船宿《ふなやど》牡丹屋《ぼたんや》に仮住まいしており、庇《ひさし》を借り受けた吉原会所のほうが今や船宿の、

「母屋」

を乗っ取った感があった。

そんな牡丹屋に戻った一行を吉原会所の七代目頭取四郎兵衛《しろべえ》が迎えて、まずは旅の疲れを取るためにおさんらに牡丹屋の湯を使わせることにした。

その間に幹次郎と長吉は、京から来て吉原乗っ取りを策した一興堂風庵一味を相模真鶴《まなづる》まで追尾《ついび》して始末した経緯《いきさつ》を、四郎兵衛に報告した。最後に幹次郎が、

「七代目に詫《わ》びねばなりませぬ。張本人の一興堂風庵ひとりを取り逃がしてございます」

「多勢に無勢《ぶぜい》、神守幹次郎様がおひとりで働かれたようだが、あやつらの大半を始末した上におさんら三人の娘を取り戻したのです。上々のお働きです。なによ

り相模屋の無念が幾分でも晴れたはず、でございましょう、早蔵さん」

四郎兵衛が最後に、相模屋の番頭だった早蔵に言いかけると、早蔵が大きく頷《うなず》き、

「七代目、これで相模屋の再建はなくなりました」

と、ぽつんと漏《も》らしたものだ。

相模屋の主《あるじ》の周左衛門《しゅうざえもん》が引手茶屋の権利書というべき沽券《こけん》を一興堂風庵に売り渡し、真鶴に隠居しようとしたが、一興堂は非情だった。

真鶴に案内《あない》すると船に一家四人を誘い出し、周左衛門と女房おさわは殺して品川《しながわ》沖の海に投げ込み、娘のおこうとおさんのふたりを上方《かみがた》の遊里に売る企《くわだ》てを謀《はか》った。むろん沽券の代金として支払われた金子《きんす》はただの見せ金であった。

娘ふたりは助け出されたが、姉娘のおこうは乱暴された衝撃で気の病《やまい》を生じさせていた。

吉原が再建されれば、どこの妓楼《ぎろう》も茶屋も新たな出直しが考えられないことはなかった。だが、一興堂一味の口車《くちぐるま》に乗った相模屋は蓄財のすべてと沽券をなくして、すっからかんになった。

「七代目、おさんさんにその気があっても、先立つものがびた銭《せん》一枚ございませ

んや」

　と早蔵の繰《く》り言《ごと》は続いた。

「神守様の手から逃れた一興堂風庵ですがね、もはや京島原《しまばら》の仲間に頼ることはできますまい。となれば手足を捥《も》がれたも同然の一興堂など生きていようと死んでいようとどうでも宜《よろ》しい」

「七代目、京の大火のことを申されるので」

　幹次郎らは真鶴の騒ぎの後始末に思わぬ日にちを要した。

　その後始末を終え、根府川往還《ねぶかわおうかん》から東海道の要所小田原《おだわら》に出てみると京から続々と下ってくる大火の情報《はなし》に驚かされたものだ。

「いかにもさようです。島原の一興堂風庵が田沼《たぬま》派の残党と組んで吉原乗っ取りを策したのはまず間違いないところでしょう。じゃが、こたびのどんぐり焼けで京の勢力は消えました。吉原にとって悪い話ではございませんよ」

「七代目、とは申せ、相模屋再建にはなんの関わりもないことです」

　と早蔵の嘆《なげ》きは尽きない。

「早蔵さん、世の中、そう悲観した話ばかりではございませんぞ」

「七代目、なんぞ美味《おい》しい話が転がっていると仰《おつしや》るので」

「まあ、それはゆっくりと日を替えて話しませんか。今は、旅の疲れを休めることが先決だ」

と四郎兵衛が慰《なぐさ》め、

「おさんさんら、娘衆は今晩はこの牡丹屋で預かりましょうかね」

とその手配りまでした。そして、幹次郎の顔を見て、

「神守様は汀女《ていじょ》様が首を長くしてお戻りをお待ちです。この足でお帰りなさい」

と命じた。

「ならばそれがし、これにて失礼致す」

「終《つい》の住処《すみか》と思うた相模屋を焼け出され、店の再建も叶《かな》わず、残されたのは納屋住まいにございますよ。まさかこの歳でかような目に遭うとは」

と最後まで嘆き通した早蔵と幹次郎は、牡丹屋を出た。すると山谷堀に梅の香りが漂っていた。

「江戸は春真っ盛りですね」

「神守様は呑気《のんき》で宜しゅうございますな」

ふたりは新鳥越橋《しんとりごえばし》に向かって日本堤《にほんづつみ》（通称土手八丁《どてはっちょう》）を進み始めた。

仲春《ちゅうしゅん》の季節だ。六つ半（午後七時）を過ぎて山谷堀は真っ暗だった。

「吉原が火事に見舞われなきゃあ、この土手八丁を駕籠《かご》や馬が見返り柳《みかえやなぎ》目がけて賑《にぎ》やかに行き、衣紋坂《えもんざか》を下れば相模屋の灯りが見えてきたはずだ。世の中なにが起こるか分かりません」

「早蔵さんには働き口がありそうな七代目の口ぶりでしたよ、それを楽しみになさって今宵《こよい》はゆっくりとお休みなされ」

早蔵の足が止まった。

「神守様、永《なが》の道中、年寄りの愚痴《ぐち》ばかり聞かせて悪うございましたね」

「なんのことがありましょうか。それもこれもそれがしの御用にございます」

「神守様は御用で務められたわけではない。心の底から私やおさんさんのことを思い、動かれた。それをいいことに甘えてしまいましたな。明日から気持ちを切り替えますよ」

ふたりは生温《なまぬる》い風が吹く新鳥越橋前に差しかかった。早蔵の仮住まいは橋を渡った向こうだ。

「ここでお別れです」

幹次郎が早蔵に言いかけ、早蔵がこたびの道中でひと回り小さくなった体の腰を屈《かが》めて、幹次郎に一礼した。

幹次郎は、背に殺気を感じた。

くるり
と振り向くと昨年の火事で焼け残った西方寺《さいほうじ》の門前の暗がりから、
ゆらり
と影が立ち上がった。そして、ゆっくりと幹次郎と早蔵のもとへとやってきた。

「そのほうが吉原裏同心か」

「吉原には裏同心などという役職はござらぬ。あるのは面番所の隠密廻《おんみつまわ》り同心だけにござる」

「その町奉行所隠密廻りに抗《こう》して会所が密《ひそ》かに雇《やと》うたのがそのほう、裏同心神守幹次郎であろうが」

「そなたは」

「そのほうの存在がちと邪魔と思う者よ」

と応じた着流しが右足を開き気味にして、腰に差した一本差しの大刀の柄《つか》に手をかけた。

「真鶴の話がまだ続いておりますのか」

と早蔵が驚く元気もないのか、茫然《ぼうぜん》と呟《つぶや》いた。

「早蔵さん、別口のようじゃ」

幹次郎は道中羽織の紐《ひも》を片手で解《ほど》くと相手の動きを見つつ、脱いだ。

相手は剣の腕に自信があるのか、幹次郎が応戦の仕度をする暇を与えた。

「神守様、羽織を」

と早蔵が言い、幹次郎は後ろも見ずに手渡した。

「お待たせ申した」

その言葉に相手が間合を詰めてきた。

「姓名の儀《ぎ》は」

「海坂玄斎《うみさかげんさい》」

「流儀は」

「夢幻一流《むげんいちりゅう》」

幹次郎が初めて耳にする流儀だった。

海坂は四十五、六か。身丈《みたけ》は五尺《しゃく》七寸（約百七十三センチ）余、がっちりとした体つきだった。

「お手前の創始による剣技かな」

幹次郎の問いにもはや相手は答える気はなく、さらに半間《けん》（約〇・九メートトル）幹次郎に迫った。そこで一本差しの刀を悠然と抜いて、切っ先を左前に流すようにして異形《いぎょう》の下段《かだん》を取った。

幹次郎はただ足元を固めただけだ。

左手で和泉守藤原兼定《いずみのかみふじわらかねさだ》、二尺三寸七分（約七十二センチ）の鞘元《さやもと》を軽く押さえた。

こたびの真鶴行きに際して先祖伝来の無銘の長剣の重さを慮《おもんぱか》って、三寸三分（約十センチ）ほど短い兼定を選んでいた。

「ほう、そなた、居合《いあい》を遣《つか》うか」

海坂は、幹次郎が加賀《かが》城下の外れ、眼志流《がんしりゅう》居合の看板を掲げた小早川彦内《こばやかわひこない》老人から手解《てほど》きを受けたことを知らぬようで、そう呟いた。

「いかにも居合をいささか」

「ふむ」

と応じた海坂の下段流しの切っ先が左前から右前へと地面を掃《は》くように移動し始めた。

幹次郎は刀の動きを見てはいなかった。ただ、頰《ほお》の殺《そ》げた貌《かお》に細く窪《くぼ》んだ海坂の両目を凝視《ぎょうし》していた。そして、右手が兼定の柄に添えられた。

細く閉じられた眼窩《がんか》に光が宿ったように思えた。

その瞬間、海坂玄斎の上体《じょうたい》が傾《かたむ》き、幹次郎に向かって踏み込もうとした。

「会所の提灯《ちょうちん》が」

と幹次郎の背で早蔵の声がして、幹次郎も目の端に日本堤の西に浮かぶ灯りを捉えた。

「命冥加《みょうが》なやつよ」

海坂玄斎は呟きを漏らすと、草履《ぞうり》の音を潜《ひそ》めて西方寺の暗がりへと姿を没《ぼっ》した。

「おい、会所の方」

と早蔵が夜廻りの提灯に向かって手を振り、呼んだ。

ばたばた
と足音を立てて走り寄ってきた提灯の向こうから、

「おお、神守様、早蔵さん、お戻りでしたか。ご苦労にございましたな」

と吉原会所の右腕、番方《ばんかた》の仙右衛門《せんえもん》の声がした。

「長いこと江戸を留守に致して申し訳ございませんでした」

幹次郎は仙右衛門らに詫びて、藤原兼定の柄から手を離した。

「なんぞございましたか」

仙右衛門が幹次郎に質《ただ》した。すると早蔵が、

「番方、江戸に戻ったばかりの神守様を名指しで、着流しの刺客《しかく》が出たよ」

と興奮を残した口調で経緯を告げた。

「番方、会所に新しい動きがござろうか」

「いえ、神守様方が留守の間、仮宅で二、三いざこざはございましたがな、これといって思い当たる節はございませんぞ」

と答えた仙右衛門が、

「夢幻一流海坂玄斎、ですか」

「まずはなかなかの遣い手とみました」

「どこの筋が差し向けた者か」

「番方、吉原の再建は順調にございますか」

「表通りのほとんどの妓楼や引手茶屋の地割りも済み、そちらはすでに大工が入って普請《ふしん》が始まっておるところもございます。それに、蜘蛛《くも》道《みち》の整備と裏店《うらだな》の地割りも、ほぼ終わっております。七代目は火事よりちょうど一年となる十一月までには吉原を再開したいと考えておられますがな、仮宅の主の中には、格式商いの吉原に戻るより、遊女に安直に客を取らせて稼げる仮宅商いを幕府が許された

五百日ぎりぎりまで続けたいと言う者もいて、この冬の騒ぎが思いやられます」

と嘆いた。

どうやら番方らは再建中の吉原の夜廻りからの帰路のようだった。

幹次郎が吉原の方角を見ていることに気づいた仙右衛門が、

「ただ今、吉原内にも仮会所を設《もう》けさせまして、若い衆を常駐させて警備に当たらせております」

「いくら人手があっても足りぬときに、小頭の長吉どのと金次どの、それにそれがしと三人も永の不在でご不自由をおかけ申した。明日から精々《せいぜい》頑張りまする」

「神守様方も遊びに行かれたわけではなし、五十間道の相模屋の後始末も会所の仕事にございますよ」

「番方、たしかに神守様の手を煩《わずら》わして旦那と女将《おかみ》さんの仇《あだ》は討ってもらいました。だが、もはや相模屋は五十間道に蘇《よみがえ》ることはございません」

落ち着いてみると早蔵の思いは結局そこにいった。

「そなたの身の振り方は七代目も考えておられますよ。今日はそのことを考えずにお休みなされ」

仙右衛門にも慰められた早蔵が頷き、手にしていた羽織を幹次郎に返すととぼとぼと新鳥越橋を渡っていった。

「番方、それがしもこれで失礼致す」

「神守様の留守の間、汀女先生は料理茶屋に日参《にっさん》なされて玉藻《たまも》様の右腕を務められ、さらには薄墨太夫《うすずみだゆう》らと一緒に新入りの遊女衆に読み書き、和歌俳句香道華道を教授されて、と八面六臂《はちめんろっぴ》のお働きでございますよ」

「亭主がおらずとも元気な様子、なによりです」

「いえね、それでもふと神守様のことを想うてか、寂しげな表情を見せられるときがございます。今晩はたっぷりと汀女先生の話し相手になってくださいまし」

と仙右衛門が言い残して、牡丹屋へと向かった。

思わぬ道草を食わされた幹次郎は、羽織を手に日本堤を一丁（約百九メートル）ばかり上がり、浅草田町《あさくさたまち》へ土手道を下った。

吉原炎上のもらい火で焼け落ちた左兵衛《さへえ》長屋は、四郎兵衛の計らいで直《す》ぐに再建された。この長屋は吉原会所の家作《かさく》の一軒で、幹次郎をはじめ、大半の住人が吉原と関わりのある仕事をしていたからだ。

まだ木の香が漂う木戸口を潜《くぐ》ると、汀女ひとりが留守を預かる左兵衛長屋に灯りが点《とも》っていた。汀女が遊女に書かせた稽古文《けいこぶみ》の添削《てんさく》をしている灯りか。

腹が空《す》いたが汀女の手を煩わせることになるか、などと考えながら懐《なつ》かしの戸口に立ち、こつこつと腰高障子を叩《たた》いた。

「どなた様で」

「ただ今戻った」

戸の向こうで息を呑む気配があって、汀女が土間に飛び下りたか、心張棒《しんばりぼう》を外すと、

がらり

と戸を引き開《あ》け、戸口に立つ幹次郎の顔を見た。

「姉様、長いこと独《ひと》りで留守をさせたな」

「御用無事に相果《あいは》たされたと七代目から聞き及んでおります。ご苦労でした」

と汀女が迎え、土間へと幹次郎を入れると戸を閉めて心張棒をかった。そして、座敷の行灯《あんどん》の灯りでしげしげと幹次郎の顔を見つめていたが、

「ようお戻りなされた」

と小さく叫ぶと幹次郎の胸に飛び込んできた。

「姉様」

「幹どの」

ふたりは互いの存在を両腕で確かめるように抱き合い、

「会いたかったぞ」

「私も」

と言い合い、互いの唇を求め合った。

一時、激情がふたりの身を包んだ。だが、汀女はわが身を焦《こ》がす前に、ふうっと我に返り、

「私としたことが」

と恥ずかしそうな顔をした。それが幹次郎にはなんとも愛《いと》おしかった。

「幹どの、お腹《なか》はどうです。玉藻様からアンコウをもらいました」

「腹は空いておる。じゃが、姉様、このまま腹を空かせていてもよい」

「腹を空かせてどうなさる」

「姉様と一緒に」

「言いなさるな、幹どの。春とは申せ、夜は長《なご》うございます」

と年下の亭主の欲望を静かな声音《こわね》で宥《なだ》めた汀女が、

「鉄瓶に湯が沸《わ》いております。旅の汚れを落としてくだされ」

と幹次郎の手から羽織を受け取った。

二

幹次郎は障子を透《す》かして差し込む光に目を覚ました。畳の影から察して五つ（午前八時）に近いかと推測した。

布団の中に汀女の残り香があった。

幹次郎は久しぶりに再会した汀女と忘我《ぼうが》の時を過ごしたのだ。汀女を布団の中に感じながら起きた。

庭から鶯《うぐいす》の鳴き声が響いてきた。

「起きられましたか」

汀女は板の間に文机《ふづくえ》を移して遊女らの文を添削していた。

「よう眠った」

「鼾《いびき》をかいてようお眠りでした」

「姉様の傍《かたわ》らに寝て安心したのであろう」

「それはようございました」

と汀女がさらりと躱《かわ》した。

昨夜見せた汀女の激情は幹次郎が初めて接するほどに乱れて、年下の亭主の欲求に応えてくれた。

「ときに長旅をしてくるのもよいかもしれぬ」

「おや、なぜ」

朱筆を手にした汀女が眩《まぶ》しそうに幹次郎を見た。

「姉様が狂うた表情を見せてくれるでな」

「これ、幹どの。もはや日は三竿《さんかん》に上がってございます。そのようなことを口にしてはなりませぬ」

「未だに幹次郎は姉様に惚《ほ》れておる」

「女房にそのようなことを」

「女房ゆえ胸中を正直に吐露《とろ》してもよかろう」

汀女がにっこり微笑《ほほえ》むと、

「私より幹どのの帰りを心待ちにしておられるお方がおられますぞ」

「ほう、どなたかな」

「薄墨太夫が私に会う度に、神守様は未だ相州岩村《そうしゆういわむら》に滞在しておいでか、今ごろはもはや江戸への道中にございましょうに、と繰り返し尋《たず》ねられます」

「薄墨太夫とは吉原にわれらが参ったとき以来の知り合いゆえな、身内のように思うてくれるのであろう」

「幹どのは薄墨太夫の命の恩人、吉原を焼き尽くした猛炎の中から助け出されたお方ですものな。薄墨様は幹どのへの叶わぬ恋情《れんじょう》を胸に秘めておいでなのですよ」

「姉様、そのようなことがあろうか。われらは吉原会所の奉公人、遊女三千の命を等しく護《まも》ることが務めであろう」

「いかにも、われらと花魁《おいらん》衆の間には深い川が流れておりまする」

と汀女が幹次郎の男心をやんわりと戒《いまし》めるように言った。そして、

「幹どの、忘れておりました」

と語調を強めて言った。

「なにを忘れたのじゃ」

「甚吉《じんきち》どのとおはつさんのお子が無事生まれましたぞ。玉のような男の子です」

「おお、それは春から縁起《えんぎ》がよい話ではないか。名はなんとつけられた」

「幹どのが戻ってくるまで待つ、名づけ親は幹どのしかおらぬと甚吉どのも頑張っておられましたがな、玉藻様にいつまでも名無しでは赤子がかわいそうと窘《たしな》

められまして、私が名づけ親になりました」

「ほう、なんとつけられた」

「おはつさんの名を頂戴《ちょうだい》して、初太郎《はつたろう》と決めましたが、幹どの、いかがですか」

「初太郎か、新年に男らしゅうてよい名じゃ。牡丹屋に出る前にふたりで祝いに参ろうか」

汀女が笑みの顔で頷き、

「洗顔をして参られませ、朝餉《あさげ》の仕度を整えておきますでな」

と幹次郎を日が当たる井戸端へと送り出した。

手拭《てぬぐ》いを寝巻の帯にぶら下げた幹次郎が長屋の井戸端に行くと、女衆《おんなし》が洗濯やら朝の片づけやらをなしていた。

「おはようござる」

「あれ、神守様、お帰りでしたか」

「およしさん、なにを寝惚《ねぼ》けたことを言っているんだい。昨夜の初鳴きを耳にすればさ、汀女様のもとに神守様が戻ってきたことなど分かりそうなものじゃないか」

「あら、私の長屋は間にあんたのところが挟まっているからね、なんの物音も聞こえませんでしたよ」

「久しぶりの夫婦《めおと》の再会はあれほど燃えるものかね。うちなんぞ久しくご要望がないよ」

と、かみさん連が久しぶりに江戸に戻った幹次郎をあからさまの言葉で迎えた。

「ご一統《いっとう》様、永の不在で姉様が迷惑をかけた。また昨夜はお耳煩わしいことにござったか、お許しあれ」

「あれあれ、吉原暮らしが長くなって神守様も動じないよ」

と女衆が子のいない幹次郎をあれこれと冷やかす中、汲《く》み上げた井戸水で顔を洗い、庭に咲く白梅に目をやった。

吉原から出火した火事で左兵衛長屋は燃え尽きたが、梅の木は火が入らず生き延びたとみえる。

幹次郎は、江戸に、いや、吉原に戻ってきたとしみじみ思った。

顔を洗い、口を漱《すす》いだ幹次郎が長屋に戻ると味噌汁の匂《にお》いがぷーんと漂っていた。豆腐と青葱《あおねぎ》が具のようで、その香りも漂ってきた。

畳の間に膳《ぜん》がふたつ出ていた。

「おや、姉様もまだであったか」

「昨夜、幹どのに相伴《しょうばん》して酒を呑みましたでな、お腹は空いておりませんでした」

幹次郎はどっかと膳の前に座った。

太刀魚《たちうお》の干物に納豆、大根おろしにじゃこが散らしてあるのが菜《おかず》だった。

汀女がふたつの膳に味噌汁を運んできて、

「今晩はなんぞ見繕《みつくろ》っておきます」

「それがし、姉様の味噌汁があれば何杯でも飯が食べられる」

「もはや幹どのも若くはございませぬ。体にも気をつけねばな」

差し向かいの膳の前で合掌《がっしょう》したふたりは箸《はし》を取った。夫婦で顔を見合わせて朝餉を食べる、ただそれだけのことが幹次郎には嬉しかった。

「姉様、初太郎の祝いじゃがなんぞ贈ったか」

「祝いの鯛《たい》は届けておきましたが、本祝いは幹どのが戻ってくるまで待ってほしいと頼んでおきました」

「お宮参りは終わったか」

「甚吉どのとおはつさんは、こればかりは幹どのがおられたほうがよいと待っておられます」

「産土神《うぶすながみ》はどちらかのう」

「玉姫《たまひめ》神社にございますそうな」

「お宮参りの折りの晴れ着はどうか」

「玉藻様が甚吉どのに約定《やくじよう》しておられました」

「先を越されたか。ならばうちは素直に金子を包むかのう」

「それも一案にございます」

と答えた汀女が、

「幹どの、やはり相模屋さんの再建は無理にございましょうな」

と足田《あしだ》甚吉の働き口を気にした。

甚吉は火事で焼失した引手茶屋の相模屋の男衆《おとこし》として働いていたのだ。再建を模索《もさく》する中で周左衛門が一興堂風庵の甘言《かんげん》に乗って沽券を売り渡し、その代金までも奪われ、命を取られて品川沖に投げ込まれていた。

こたびの相州岩村行《こう》はその後始末というべき一興堂一味との対決であったが、騙《だま》し取られた金子を取り戻すには至らなかった。

「今のままだと、まず相模屋の再建は難しかろう」

「甚吉どのもおはつさんもそのことを気にかけておられます」

「昨夜、番方に日本堤で会《お》うた。その折り、吉原が炎上して一年となる十一月には新築の吉原をなんとしてもお披露目《ひろめ》したいと申されていたがな、となると山口《やまぐち》巴屋《ともえや》の仕事も十一月かぎりか」

「四郎兵衛様も玉藻様も甚吉どのの処遇をまず考えておられましょう。ですが、甘えてばかりではいささか心苦しいことです」

「それだ」

甚吉は吉原の仮宅商いの間、玉藻が女主《おんなあるじ》の料理茶屋山口巴屋で男衆として働いていた。

甚吉の本心をいえば、五十間道の引手茶屋の相模屋より、格が違う廓《くるわ》内の七《しち》軒茶屋《けんぢゃや》筆頭の山口巴屋に鞍替《くらが》えしたい希望があった。

幹次郎も汀女もその気持ちは重々承知していたし、ふたりが口を添えれば、鞍替えもできないわけではないと思えた。だが、それは四郎兵衛と玉藻父娘に甘えて新たな借りを作ることだった。

「姉様、吉原再建まではしばし日にちがある。甚吉は焦《あせ》っておろうが、諸々《もろもろ》の動きをみようか」

「それがようございます」

朝餉のあと、幹次郎は汀女が出してくれた鶯色の小袖に手を通し、先祖が戦場で騎馬武者を倒した証しに奪ってきたと伝えられる刃渡り二尺七寸（約八十二センチ）の無銘の剣を腰に差し落とした。和泉守藤原兼定より三寸三分ほど長いだけの剣が腰に、

ずしり

と重く感じられた。

「やわになっておるぞ」

と幹次郎は自らの胸に声を出して言いかけた。

汀女の風呂敷包みがすでに上がり框《がまち》にあった。

「姉様、それがしが持って参るがよいか」

「あれ、旦那様に風呂敷包みを持たせては近所の評判を呼びましょう」

「夫婦じゃぞ、どちらが持ってもよかろう」

幹次郎は風呂敷包みを提《さ》げて腰高障子を開けた。さらに透明感を増した白い春の光が幹次郎を射た。

「お待たせ申しました」

汀女と連れ立って左兵衛長屋の木戸口を出た。

日本堤にも澄み切った光が散って、仮宅からの朝帰りの駕籠の客がなんとなく恥ずかしいのか、垂れを下ろして顔を隠していく。

山谷堀の流れもきらきらと光り、土手には萌《も》えいづる緑も見えた。

「いつしか仲春、時が流れいくのが早く感じる」

山谷堀に架かる土橋《どばし》を渡った。すると向こうから大きな竹籠《たけかご》を担いだ男ふたりがやってきて、ひとりの男は小脇に闘鶏《とうけい》を抱えていた。鶏合わせの稽古にでも行くのか、闘鶏の真っ赤な面《つら》と眼光鋭い目が幹次郎を睨《にら》んだ。

闘鶏の　眼差《まなざ》しが射る　山谷堀

幹次郎の胸に五七五が浮かんだ。だが、ただ浮かんだ言《こと》の葉《は》を口にすることはなく胸の奥に仕舞い込んだ。

今戸町《いまどまち》などの入会地《いりあいち》を抜ける畔道《あぜみち》を通って、甚吉の住む浅草元吉町《もとよしちょう》の長屋の木戸を潜った。すると赤ん坊の元気な泣き声が響いてきた。

「あれが初太郎の声か、なんとも元気そうな泣き声かな」

幹次郎は足を速めて障子戸が開いた長屋に顔を覗《のぞ》かせた。すると甚吉とおはつのふたりが泣き叫ぶ赤子のむつきを取り換えていた。

「甚吉、おはつさん、おめでとうござる」

その声に汚れたむつきを丸めて摑《つか》んだ甚吉が、

「おおっ、幹やん、戻ってきたか。子が生まれたら生まれたで夜もおちおち寝られぬほど煩《うるそ》うてならぬ。一晩くらいのうのうと独りで眠りたいものじゃぞ」

と言いながら、九尺二間《くしやくにけん》の長屋の狭い土間に下りてきた。するとむつきからぷーんと初太郎の用便の臭《にお》いが漂ってきた。

「なにを贅沢《ぜいたく》なことを申しておる。話の続きはおしめを始末してからにしてくれぬか」

幹次郎の言葉に甚吉が、

「姉様、ちと御免《ごめん》なされよ」

と腰を屈めていそいそと井戸端に走っていった。

「口ではあのようなことを申しておるが、早《はや》父親の顔をしておるな、甚吉め」

豊後岡《ぶんごおか》藩七万三千石中川《なかがわ》家の中間《ちゆうげん》を長らく務めていた甚吉は、先に吉原会所に世話になっていた幹次郎と汀女を頼って相模屋に男衆の仕事を得ていた。そこで知り合ったおはつと祝言《しゅうげん》を挙げた。三十路《みそじ》を大きく超えての嫁取りだった。ためにて初めての子を授かった父親にしては老《ふ》けていた。それが急に父親顔でむつきを井戸端で洗う姿が微笑ましくもあった。

汀女と幹次郎はその姿をちらりと見て、土間に立った。

「おはつどの、初太郎の顔を見せてくれぬか」

「神守様、お帰りをお待ちしておりました」

おはつが綿入《わたい》れに包《くる》んだ初太郎を幹次郎に差し出して見せた。

「ほう、目鼻立ちがはっきりしておはつさん似じゃな」

「長屋の方々は甚吉どのに似ずよかったと申されます」

と言ったおはつが、狭《せも》うございますがお上がりください、とふたりを誘った。

「われら、これから出仕《しゅっし》でな、この土間で抱かせてもらおうか」

幹次郎はおはつから綿入れに包んだ初太郎を抱き取った。

「見れば見るほどにおはつさんに似ておる。そなた、運がよい子じゃぞ」

と幹次郎が言うところにむつきを始末し終えた甚吉が戸口の外に立ち、

「だれもがおはつひとりで産んだようなことを言う。じゃが、初太郎の気性はおれに似ておる。男らしゅうて、豊後の男の血を引いておるぞ」

「なに、初太郎は甚吉の気性を引いたか、困ったのう」

なにが可笑《おか》しいか、初太郎がにこにこと笑った。

「おうおう、父親には気性も似ておらぬてか。それがよい、それがよい」

「おはつ、おれも姉様と一緒に仕事に出る。幹やんから初太郎を取り戻さぬと連れていかれかねぬぞ」

と冗談とも本気ともつかぬ口調でおはつに言った。

「だれが朋輩《ほうばい》の子を連れていくものか」

「いいや、姉様と幹やんの間には子がおらぬでな、やりかねぬ」

「これ、甚吉どの、なんという失礼なことを言われます」

と慌てておはつがその場を執《と》り成《な》し、幹次郎の腕から初太郎を抱き取った。

「甚吉、仕度はよいのか」

幹次郎がむつきを洗って濡《ぬ》れたままの手の甚吉に言った。すると腰にぶら下げた手拭いでちょこちょこと拭い、

「男衆の仕事、仕度もなにもあるものか」

と縞《しま》の着流しで、

「おはつ、初太郎、帰りを待っておれ、なんぞ甘味《かんみ》など買ってこよう」

と言い残すと、さっさと木戸口に向かった。

「すみません。せっかちでせっかちで、他人《ひと》様のことなどなにも考えてないのです」

「まあ、甚吉らしくてよいわ。姉様、参ろうか」

ふたりが甚吉を追うと、土橋のところで待っていた。

「いつお宮参りを致すな」

「それだ。幹やんが戻ってきたらと考えていた。玉藻様が晴れ着をこさえてくれるそうだ。それが仕立て上がったら行おう」

「ならば、その折りにうちも本祝いを致すことにする。なんぞ望みはあるか」

「なくもない。じゃがいくら幹やん、姉様の仲でも厚かましかろう」

「祝い金か」

「よう当てた。相模屋に戻れるかどうか、先々のことを考えれば少しでも金子は貯《た》めておきたい」

と本心をあっさりと漏らした甚吉に、

「応分の祝いを包もう」

と幹次郎は約束した。

なんとなく幹次郎と甚吉が肩を並べ、汀女が一歩二歩あとから従った。

汀女も幹次郎も家は豊後岡藩の下士《かし》で、中間の甚吉とは同じ長屋で育った仲だ。物心ついたころからの馴染《なじみ》で遠慮がない。

「幹やん、およそのことは会所で聞いた。相州岩村での始末はついたそうだが、相模屋の再建はならずか」

「おこうさんとおさんさんの姉妹は助かった。番頭の早蔵さんもおられる。じゃが先立つものがないわ」

「やはりのう」

と肩を落とした甚吉が自らを得心させるように頷き、

「幹やん、おれはもう相模屋が再建されようとどうしようと戻らぬ」

と宣告した。

幹次郎はその宣告に対してなにも答えなかった。甚吉の胸の中の推察ができたからだ。

「よいな、幹やん。おれは相模屋とは縁を切った。いや、相模屋の奉公人のだれもがもはや奉公先を失ったのだ」

「そう軽々しく答えを出すでない。まだ再建までは九月から一年はかかろう」

「その間になんぞ変わるというのか、幹やん」

「それはなんとも言えぬわ」

幹次郎の頭の中に昨夜の四郎兵衛の言葉があった。早蔵に含みを残した四郎兵衛に、甚吉の面倒も頼めるかもしれないと思えた。

「ともかくそう決めた」

「そのこと他人に広言《こうげん》するでないぞ」

幹次郎と甚吉の会話を後ろから従う汀女が黙って聞いていた。

三人は左兵衛長屋に下りる浅草田町と山川町《やまかわちょう》の三つ叉《また》で別れた。

汀女と甚吉は浅草寺《せんそうじ》門前の並木町《なみきちょう》の一角に料理茶屋の暖簾《のれん》を下げた山口巴屋に、幹次郎は、山谷堀今戸橋際の船宿牡丹屋へと向かうためだ。

幹次郎は独りで土手八丁を隅田川《すみだがわ》（大川《おおかわ》）へと向かいながら、汀女に昨夜襲われた一件を話さなかったなと思っていた。

三

幹次郎が仮の吉原会所が置かれた船宿牡丹屋に着いたのは、四つ（午前十時）

を大きく過ぎた刻限だった。

「遅くなりました」

と幹次郎が入っていくと提灯の手入れをしていた若い衆が、

「おはようございます」

と迎え、

「七代目も番方も奥におられます」

と顎《あご》で奥を示した。

腰から剣を抜くと土間から板の間に上がり、奥へと廊下を伝った。すると坪庭《つぼにわ》の見える座敷で四郎兵衛と仙右衛門が茶を喫《きっ》して話していた。

「昨日の今日ですよ、お休みになればよいのに」

「長いこと番方たちに迷惑をかけましたでな」

と笑いながら幹次郎は、ふたりが対面する傍らに座した。すると長火鉢にちんちんと音を立てていた鉄瓶の湯で四郎兵衛自らが茶を淹《い》れ始めた。

「相模屋のおさんの処遇ですがね、当面玉藻のところで働くことになりました」

すでにおさんは牡丹屋から姿を消した気配があった。

「それは早い手配りにございました。おさんさんも江戸への帰路、正気を失った姉のおこうさんの身を案じて、これからどうして生きていけばよいか、そのことばかりを心配しておりました。それがしも長吉どのも江戸に戻り、まずは四郎兵衛様に相談をと説得して参りましたところです」

と幹次郎もおさんの不安を代弁するように告げた。

「おさんも吉原に生まれ育った女子《おなご》ゆえ、できたら吉原で奉公がしたいと申すのですよ」

幹次郎はおさんの考えを承知していたから頷いた。

「七代目、姉娘のおこうさんの具合はいかがでございますか」

一興堂風庵らが塒《ねぐら》にした佃島《つくだじま》の讃岐屋《さぬきや》別邸で乱暴を受け、身を汚されたおこうは、そのことを思い出したくないのか、自らの心を閉ざしていた。

そのおこうの身柄を会所に託したあと、幹次郎らは相模屋の女将おさわの故郷の相州岩村に急行したのだった。

「よくなる様子はただ今のところ見えません。お医師も正直手の打ちようはない、年月が嫌な記憶を忘れさせるのを待つしかないと申しておりましてな。それさえも望みがあるかどうか、その程度のことらしゅうございます」

「おさんさんは若い身で姉の面倒まで背負い込むことになりましたか」

「伊勢半《いせはん》の隠居の桐左衛門《とうざえもん》様がうちに参られましてな、まさか田沼意次《おきつぐ》、意知《おきとも》親子の復権を図《はか》る田沼派残党の手に乗った上に、彦根《ひこね》藩の庵原実左衛門《いはらじつざえもん》様の口添えがあったとはいえ浅慮《せんりよ》にも一興堂風庵なる怪しげな者を薄墨太夫の座敷に招いた責めを重く受け止めておりますと、丁重《ていちよう》な詫びを入れなされた。その際、神守様にこたびは助けられたとお礼の金子を預けていかれました。五百両です」

「さすがに通人伊勢半のご隠居様でございますな、おやりになることが大きい。ですが、それがしは吉原会所の一員として動いただけのこと。それがしが受け取る筋合いにございません、七代目、ご放念《ほうねん》ください」

「そう申されると思うておりました。神守様に成り代わり私がご隠居の五百両有《あり》難《がた》く頂戴致しましたよ」

「それは七代目のご判断と裁量にございます」

「いえね、神守様に相談なしだが、おこうの今後のことを思うと医師の治療代もかかります。また小女《こおんな》ひとりも雇って一緒に暮らしをせねば、独りではとても生きてはいけますまい」

「いかにもさようです」

「そこでこの五百両の一部を役立てて、吉原裏の竜泉寺村《りゆうせんじむら》に小さな家を買い求めて小女を雇い、暮らさせることに致しました。おさんもただ今そちらに参っております」

「七代目、いつもながらなんとも素早い手配りで神守幹次郎、感服致しました」

幹次郎は四郎兵衛に頭を下げた。

「こたびの騒ぎでは大勢が犠牲になり、被害に遭いましたでな、伊勢半のご隠居の意思を生かすために会所が預かり、その者たちの救済の費《つい》えに回そうかと存じます。神守様、伊勢半のご隠居にもそう得心を願っております。これで宜しゅうございますな」

「適宜なご判断と存じます」

幹次郎は大きく頷いた。

「まあ、お独りで獅子《しし》奮迅《ふんじん》の働きをなされた神守様になんのご褒美《ほうび》もございませぬが、許してくだされよ」

四郎兵衛が含みを残したような言葉で締め括《くく》った。

「番方、小頭と金次どのにそれがしの三人が抜けて仮宅の見廻りに負担をおかけ申しましたが、今晩からわれら、戦列に復帰致します」

幹次郎は話柄《わへい》を変えた。

「神守様が吉原に戻ってこられたのはなんとも心強いかぎりですが、いきなり昨夜、日本堤で待ち伏せに遭ったそうですな」

四郎兵衛がさらに話柄を変え、

「裏同心の神守幹次郎と名指しをして命をもらい受けると宣告したのですな」

と念を押した。

「そのようなことを申しました。さらに姓名を問うと海坂玄斎、夢幻一流と答えて、剣を下段に流して構えた挙動はなかなかの腕前と見ました。そこへ折りよく番方が吉原の夜廻りから戻ってこられ、早蔵さんが大声を上げて呼んだものですから、早々に姿を消しました」

「海坂玄斎なる武芸者、神守幹次郎様おひとりに仇があってのこととも思えぬ口上ですな。またぞろ再建中の吉原に新たな敵が迫っておるのか。ともかく海坂玄斎はその手先にございますよ」

と四郎兵衛が言い切った。そして、仙右衛門が代わり、

「ただ今も七代目とその者がだれの意図のもとに動く刺客か、探る手立てを相談していたところです。神守様、しばらく時を貸してくだされ」

と番方が願って、立ち上がった。

「番方、それがしも同道致そうか」

「神守様の出番にはちと早うございましょう。神守様、この二、三日は旅の疲れを落とすためにのんびりとお暮らしくださいまし」

と仙右衛門が言い残し、座敷から去った。

「神守様、昨晩はあの刻限にお戻りだ、湯にも浸《つ》かっておられますまい。どうです、私と一緒に牡丹屋の内湯に浸かるのは」

「大層《たいそう》な誘惑にございますな。最前から朝湯に浸かれぬものかと頭に思い描いておったところです」

「ならば、ご一緒に」

と四郎兵衛が立ち上がり、幹次郎も従った。

今戸橋際の牡丹屋は吉原会所の息がかかった船宿で、吉原に遊ぶ上客が贔屓《ひいき》にする船宿でもあった。それだけに客のために大きな檜《ひのき》の内湯があった。

幹次郎は朝の光がきらきらと天井の格子窓から差し込む湯に体を浸《ひた》して、

「これでようやく吉原に戻った気になりました。朝湯に浸かれるなんて贅沢の極みです」

「吉原は、ふだんの暮らしを忘れる遊里にございますでな、引手茶屋から妓楼は夢幻の仙境、帰り仕度をする船宿でゆるゆると高ぶった気持ちをうつつの暮らしに戻すわけにございますよ。御免《ごめん》色里の贅《ぜい》の極みのおこぼれをわれら、ときに頂戴しても悪うはございますまい」

四郎兵衛が両手で湯を掬《すく》って顔を洗った。

「四郎兵衛様、なんぞ話がございますので」

「神守様の勘は長らく江戸を離れておられても健在にございますな」

と四郎兵衛が笑った。

「昨晩、京の都を襲ったどんぐり焼けの話をしかけましたな」

幹次郎は頷き、

「もはや京の島原が田沼残党の誘いに乗って吉原乗っ取りを謀る力は火事で殺がれたと申されたかと存じます」

「いかにもさよう申しました。それにしてもこたびの京の火事、二条城も御所も焼けて寺社町屋《まちや》が七割五分方も焼けてしまったそうな。江戸に譬《たと》えれば、江戸城を中心に朱引《しゅびき》地内《ち》がそっくりと焼失したようなものにございましょう。天子様も仮住まいを強《し》いられておられるそうな。幕府では勘定《かんじょう》奉行を京へ差し遣わすとか、知れば知るほど大層な火事のようでございますよ」

四郎兵衛は東海道を人の口から口に流れる噂の類《たぐい》とは異なる、精確な情報を得ている様子であった。

「七代目、この京の火事、島原の勢力を一掃《いっそう》したと考えてようございますか」

幹次郎は、真鶴で取り逃がした一興堂風庵の顔を思い出しながら、念を押すように訊いた。

「一興堂が支援を受ける勢力は消えたと申してよいでしょう。吉原にとって悪い話ではございませぬ」

四郎兵衛が言い切った。

「なんぞご懸念《けねん》があるように存じますが」

「よいことばかりのようなときこそ、新たな危機が迫っておるときにございましてな。ちと考えあぐねておることがございます」

「ほう、そのこととは」

「京の雅《みやび》を支え、商いの中心になるものが西陣《にしじん》の絹織物《きぬおりもの》にございます。この西陣もどんぐり焼けの被害を蒙《こうむ》り、全滅したそうな。噂では京の織物は五十年百年立ち直れぬと悲観される方もございますとか」

幹次郎が夢想もしない話だった。

「そこで智恵者《ちえしゃ》がいて、京を離れる英断を下されました」

「ほう」

「機屋《はたや》も機も絹糸も織り上がった反物《たんもの》もすべて灰燼《かいじん》に帰しましたがな、職人衆とその技は火事にも負けず生き残っております。そこで西陣の織師が大挙《たいきょ》して、上野《こうずけ》の桐生《きりゅう》に移られるようです。すでに先陣は桐生入りしておるという話にございます」

「それはまた手早い」

「それには背景がございますので、神守様」

と応じた四郎兵衛が湯から上がった。幹次郎も続き、

「七代目、背中を流させてください」

「神守様に背を流してもらうとは恐縮《きょうしゅく》至極《しごく》ですが、交代で背の流しっこをしましょうかな」

と提案した四郎兵衛が大きな背を幹次郎に向けた。

幹次郎は桶《おけ》に新湯を汲み、糠袋《ぬかぶくろ》を使って四郎兵衛の背をゆっくりと擦《こす》り始めた。

「西陣の織師が桐生に下るのはそれなりの曰《いわ》くがあってのことです。元々桐生で

は居坐機《いざりばた》を使《つこ》うての平織《ひらおり》の絹が作られておりました。だが、居坐機では能率が悪うございます。そこで今からおよそ五十年も前の元文《げんぶん》期（一七三六〜一七四一）に、京から桐生に高機《たかはた》が伝えられた経緯がございますそうな。これで縮緬《ちりめん》、絽《ろ》、飛紗綾《とびざや》、紋絽《もんろ》などの布地に紋様を織り込む技ができるようになりましてな、桐生で生産される絹織物の需要が江戸から東国《とうごく》に広がりました。ですが、まだまだ西陣の技量には敵《かな》いません。それがこの五十年で西と東の織物技術の差が段々と縮まり、西陣の機屋を脅《おびや》かす存在になろうと迫っておりました」

四郎兵衛が話を中断すると、

「気持ちがようございました。今度は私が神守様の背を流させてもらいましょうかな」

と幹次郎の背に回った。

「つい最近のことです。水車《すいしや》を改良して縮緬用の糸つむぎの八丁車《はつちようぐるま》がなんとか吉兵衛《きちべえ》と申される方の手で創案され、二年前より、西陣の小坂半兵衛《こさかはんべえ》というお方が、桐生の粟谷村《あわのや》の金井繁之丞《かないしげのじよう》方に滞在なされて、染糸《そめいと》を用いた先染紋織《さきぞめもんおり》の技術を伝授してからは、桐生の絹織物は西陣と肩を並べるようになって、商人衆はほっとされたということです。じゃが、お客はなかなかそう簡単には心変わり致しませぬ。下《くだ》り物の西陣の織、染、意匠《いしょう》に対して確固とした思い入れがございましょ。吉原の花魁衆も高い銭を出してわざわざ西陣を取り寄せるほどです」

と四郎兵衛の話は広がり、

「こたび、大挙して西陣の機師、織師が桐生に移り住むとなると桐生が西陣に取って代わる好機にございます」

「花魁衆が下り物ではなく桐生産の金襴《きんらん》、縮緬を身に着けられると申されるので」

頷いた四郎兵衛の手が止まり、

「それだけではございませぬ。西陣に代わり、桐生が質のよい絹織物の産地となれば、江戸近くに紡績《ぼうせき》、染色、機織りと一貫した織物生産地が生まれるということです。大商人が生まれ、巨大な商いが成立することを意味します。吉原に贔屓客が生まれるわけです」

「よいことではございませぬか」

幹次郎の言葉に大きく四郎兵衛が頷いた様子があって、

「一方、吉原にとって困ったことも生じます。江戸近くの桐生界隈《かいわい》は、吉原の遊女衆が買われてくる土地でもございます。これらの機屋に娘衆を働き手として雇われるとなると、吉原はそれだけ遊女の確保が難しくなるということです」

四郎兵衛の考えは止めどもなく広がっていった。

「四郎兵衛様、もう十分でございます」

と幹次郎は背中を流す四郎兵衛の手を止めた。

「ならば今一度湯で温まりましょうかな」

とふたりは湯船に身を浸けた。

「四郎兵衛様、京の衆が桐生に移り住むことが吉原にとって吉と出るか凶と出るか、分かるのはだいぶ先のことと存じますが」

「うーむ」

四郎兵衛が思わず唸《うな》った。

「なんぞ危惧《きぐ》がございますので」

「二年前から桐生に西陣の小坂半兵衛と申される織師が京の先ぶれとして逗留《とうりゅう》しておられると申しましたな。この小坂様の右腕の古一喜三次《ふるいちきさんじ》なる者が一年前、主のもとを離れて、桐生に拠点を構え直し、西陣の秘法の織と染を使って、山城金紗《きんしゃ》縮緬なる斬新な絹物を織り上げたそうです。その縮緬を京に売り込んだところ、西陣の新作山城金紗縮緬として大当たりを取ったそうな。それがどんぐり焼けで江戸に伝わる前に燃えてしまいました。だが、山城金紗縮緬の生産地は上野桐生にございましょう、直ぐにも山城金紗縮緬を織ることはできますし、この者の狙いは当然のことながら最大の消費地の江戸にございますよ」

「その兆《きざ》しがございますので」

「室町《むろまち》三丁目と十軒店本石町《じっけんだなほんごくちょう》の辻《つじ》に、山城金紗縮緬を扱う古一なる店《たな》が暖簾を上げたばかりで、この吉原にも売り込みがございました」

御免色里の吉原はなにも男と女が睦《むつ》み合う里というだけではない。衣装、化粧《けわい》、小間物《こまもの》、食べ物などあらゆる流行の発信源でもあった。売れ筋の品はまず吉原で評判を取ったあと、江戸市中に広がりを見せるのだ。

古一が江戸に進出して吉原に狙いを定めたことは実に的確な商いの常道であったといえる。だが、よそ者がいきなり江戸の商いの中心部に舞い降りるとはなんとも大胆であった。

「どんぐり焼けで京から大挙して桐生入りした西陣組に対して、古一喜三次は他に先駆けて京から江戸に商いの拠点を設けようとしております」

幹次郎は未だ四郎兵衛の危惧に察しがつけられなかった。

「神守様が相州岩村に下向《げこう》なさった数日後、古一喜三次がこの四郎兵衛に面会を求めてきましてな」

「お会いになったのですね」

「会いました」

「どのような人物にございますか」

「さすがに京の生まれ、細面《ほそおもて》の公家顔と申しましょうか、気品が宿っておりましてな、挙動は上方《かみがた》でいうはんなりとした味わいを醸《かも》して江戸の者とはまるで違う肌合いにございました。実に物腰が柔らこうございまして、申し分ございません」

「古一喜三次は具体的な申し出をなしたのでございますか」

「花魁道中の際、太夫に古一の提供する山城金紗縮緬の打掛《うちかけ》を着てもらえぬかという申し出にございました。むろん太夫には花魁道中の衣装一式をただで差し上げるということにございました」

「ほう」

太夫が着たとなると山城金紗縮緬の名が江戸で一気に高まることは請け合いだった。

「古一は山城金紗縮緬を着る太夫にも注文をつけておりましてな」

「太夫に注文とは」

「薄墨太夫を名指しにございました」

幹次郎は漠然と四郎兵衛の危惧が見えてきたような感じがした。

「七代目、薄墨太夫には話されましたので」

「話しました」

「薄墨太夫のお答えは」

「わちきは京の紐付の衣装は着られませぬとにべもない返答でな」

と答えた四郎兵衛の表情に、笑みが浮かんでいた。

「さすが薄墨太夫にございますな」

「太夫を説得できるのは今や神守幹次郎様しかございますまい」

「七代目、それがし、太夫が嫌がることをさせるなどできませぬ」

「と、神守様も申されましょうな」

と得心した四郎兵衛が最後の危惧を口にした。

「ふたたび古一喜三次と会いまして薄墨太夫の返事を伝えますとな、京商人は、さすがに見識高い薄墨様じゃ、こうなるとどうしても太夫にうちが拵《こしら》えた山城金紗縮緬を着てもらい、再建なった吉原の仲之町《なかのちょう》を練り歩いてもらいまひょ、と平然としたものでした」

「なんぞ策を考えておるということですか」

「今のところは分かりかねます。ただ、昨晩、神守様の江戸帰着を待ちかねたように現われた刺客といい、なんとのう不気味に思うておるところです」

「古一どのと海坂玄斎は関わりがございましょうか」

「いいえ、それにはなんの証しもございません」

しばらく考えた幹次郎は、

「室町三丁目と十軒店本石町の辻に参れば、古一喜三次さんの顔を拝めましょうか」

「当分は江戸に神輿《みこし》を据えておると言っておりました。神守様、遊びがてら覗いてくれますか」

承知致しました、と答えた幹次郎は湯から上がった。

四

幹次郎は春の日差しを避けるために牡丹屋で菅笠《すげがさ》を借り受け、着流しの頭に被《かぶ》って今戸橋から浅草御蔵前通《おくらまえどお》りに出た。

待乳山聖天社《まっちやましょうでんしゃ》の小高い森を右手に幹次郎は、まず浅草御門へと向かう。

さすがに江戸だ。大八車《だいはちぐるま》が米俵《こめだわら》や荷を積んで行き交《か》い、駕籠《かご》が小気味のよい息杖《いきづえ》の音を響かせて走り、その間に大勢の老若男女が往来し、門付け芸人が町の喧騒《けんそう》に拍子を加えていく。

江戸を離れてみるとよく分かる。江戸の威勢《いせい》と粋《いき》が幹次郎の胸をわくわくさせることがだ。

九品寺《くほんじ》の門前に差しかかったとき、人込みの向こうから裸馬《はだかうま》に罪人《つみびと》が乗せられ、槍《やり》の抜身《ぬきみ》をきらきらと光に煌《きら》めかせた行列がやってきた。

浅草御蔵前通りは死罪人の市中引廻《ひきまわ》し順路に当たっており、まさに江戸町奉行所で死罪を宣告された罪人が市中引廻しされる光景だった。

大通りのお店の軒下に身を避けた人々が裸馬の罪人を恐ろしげに見上げていた。

幹次郎がその行列とすれ違ったのは、一ノ権現社顕松院《ごんげんしゃけんしょういん》の門前だった。

山門寄りの石段の上に身を避けた幹次郎は後ろ手に両手を縛られて、ゆらりゆらりと裸体を揺らし馬の動きに合わせて乗る壮年の罪人を見た。

三十七、八か。頬が殺げた精悍《せいかん》な顔をしていたが、その額《ひたい》に汗が光っていた。

すでに死の覚悟はついているとみえて恬淡《てんたん》とした表情だった。

「主殺《しゅうごろ》しをしでかしたんですって」

「仏具屋《ぶつぐや》の職人が自分の道具で主を殺しちゃいけねえよ」

野次馬の囁《ささや》き声が幹次郎の耳に入った。

「止まりおろう」

役人の制止の声に行列が不意に止まり、奉行所の小者が罪人になにごとか問うと、直ぐに水桶と柄杓《ひしゃく》が運んでこられて、顔を傾けた罪人が、
ごくりごくり
と喉《のど》を鳴らして水を飲み干した。

「畜生、おぼえてやがれ。兄さんの仇は必ずや討つ」

と女の呟く声が幹次郎の背でした。

幹次郎が振り向くと頭髪をつぶし島田《しまだ》に結った、婀娜《あだ》っぽい年増女がぎらりと光る眼差しで罪人を見つめていた。

その眼差しの中に愛しさとも哀しみともつかぬ感情が込められているのを幹次郎は見てとった。

女が幹次郎の視線に気づき、睨んだ。

ひたっ、と幹次郎を見た女が、

「おまえさん、吉原会所の用心棒だね。今の呟き、忘れておくれな」

「それがし、近ごろ、ぼうっとすることが度々《たびたび》でな、見ているようで見ていない、聞いたようでなにも耳に残らぬことがある。春の陽気のせいかのう」

「それが利口《りこう》だよ」

頷き返した女が合掌をした。

幹次郎が罪人を振り返ると、裸馬上で姿勢を正した男が視線を大きく巡らして野次馬を、そして、行列が進む先を見渡し、不意に幹次郎らがいる顕松院の山門に目をやった。そして、罪人は小さく女に向かって頷くと、満足の体《てい》で、

「お役人、お手数をおかけ申しました」

と落ち着いた声で言い、行列がふたたび進み始めた。

幹次郎は行列を見送り、後ろに視線を戻した。そこには温《ぬく》いような風が吹いているばかりで女の姿はなかった。

幹次郎は白昼夢《はくちゅうむ》を見たような感じに打たれた。つぶし島田の婀娜っぽい女がそこにいたのかいなかったのか、一場《いちじょう》の春夢《しゅんむ》とも思えた。

幹次郎はその場にしばらく佇《たたず》み、自らの気持ちを落ち着かせると日差しの中

に出ていった。

日本橋《にほんばし》の北詰から室町一丁目が始まり、二丁目、三丁目と進み、本町《ほんちょう》の通りと交差する辻で十軒店本石町へと変わる。その辻の角地《かどち》ではないが、室町三丁目に数軒戻ったところに山城金紗縮緬を扱う、

「古一」

はあった。

間口四間半（約八・二メートル）か、さほど大きな店ではなかった。それが吉原会所の四郎兵衛に大言《たいげん》を持ちかけた古一喜三次の店だった。

昼前の刻限だったが女客が数人いて、手代らが応対していた。奥から番頭に送られて、大店《おおだな》の内儀《ないぎ》風の女が出てきた。

店先だけではなく、奥に応対する座敷が設けられているようだった。

店頭の女客の前に広げられた反物に光が差し込み、艶《あで》やかな織と染の絵模様が浮かび上がり、そこだけがなにか別天地のように華やいで見えた。それにしても上方の商人が古町《こまち》町人の多い界隈に進出するのは生半可《なまはんか》なことではあるまいと、幹次郎は思った。

「どなたはんかお待ちどすか、中に入られてお待ちやすな」

幹次郎は呼びかけられてゆっくりと振り向いた。

壮年の男が小僧ひとりを従えて立っていた。

「わてはこの店の主、古一喜三次どす。以後、お見知りおきをお願い申します」

「ご丁寧な挨拶痛《いた》み入ります。いえ、客ではござらぬ。あまりにも艶やかな反物につい目を奪われて、足を止めておりました」

喜三次の目が光り、幹次郎をとくと睨んだ。

その間に小僧が、

「ただ今戻りました」

と店に入っていった。

店前に残されたのはふたりだけだ。

「ご奉公のお武家さんではなし、かと申してその日暮らしの浪人《ろうにん》はんとも思えまへん。江戸にはお侍かていろいろとおられますな」

揶揄《やゆ》とも取れる大胆な物言いだった。

「お召しものといい、遣い込んだ差《さ》し料《りょう》といい、ただ者とも思えまへん。はて、だれだっしゃろ」

男は小首を傾《かし》げて考えるふりをした。

「店先を騒がせたようだな、これにて失礼致す」

「袖振り合うも多生《たしょう》の縁《えん》と言われますやないか。わてにしばらく時間《とき》を貸しておくれやすな」

と笑った喜三次が、

「わてが当ててみまひょ。お侍はん、推量《すいりょう》があんじょう当たった暁《あかつき》にはわての注文も聞いておくれやすな」

「主どの、そなたのお店の品を買い求めるほど甲斐性《かいしょう》もござらぬ。野暮天侍《やぼてんざむらい》、お許し願おう」

と幹次郎が一揖《いちゆう》して歩き出そうとすると、

「お待ちなはれ、神守幹次郎はん」

と強い語調で引き留めた。

「ほう、それがし、主どのとは初対面と思うたが、それがしの名まで承知か」

「いかにも会《お》うたことはおへん」

とあっさりと喜三次が幹次郎の問いを否定すると、

「あれこれと考えますとな、吉原会所の七代目頭取四郎兵衛様の右腕、神守幹次郎はんしか思い当たりまへん」

「いかにも、それがし神守幹次郎にござる」

「なんやらあんたはんは相州に出張《でば》っておられると頭取からお聞きしたとこやったけどな」

「昨夜、江戸に帰着して参った」

「永の御用旅のあと、もう今日から仕事どすか。さすがに吉原会所の裏同心はん
はご多忙なこっちゃ」

「古一喜三次どの、ご挨拶と思うてくだされ」

「最前の話はまっこと嘘やったんやな。はて、神守はんおひとりの才覚《さいかく》でわての
店を覗きに来るはずもなし、吉原会所はわてをなんぞ訝《いぶか》しんでおられるのやろ
か」

　と独り言を言いながらも幹次郎の顔色を喜三次は見ていた。

「ちと誤解があるようなれば訂正しておこう。それがし、頭取から二、三日、骨
休めをとの言葉を頂戴し、久しぶりの江戸散策《さんさく》に出たところにござる」

「御用ではないと言われますのんか」

　いかにも、と応じた幹次郎が、

「それとも古一ではなんぞ吉原に肚を探られる隠しごとでもござろうか」

「裏同心はん、語るに落ちるとはこのこっちゃ。その言葉、裏同心たらいう用心棒侍のゲスの勘ぐり」

と言い切った喜三次が、

「わての商いは山城金紗縮緬を江戸に売り捌《さば》くことどす。そのためにあれこれと知恵を巡らします。江戸で商いしようという新参者《しんざんもの》なら、だれもがない知恵絞って考えますがな」

「いかにもさよう」

「ならば神守はん、あんたはんから薄墨太夫を口説《くど》いてくれはらしまへんか」

「天下の太夫を会所の雇人《やといにん》が口説くなどあろうはずもない」

「いえ、三千人の遊女の筆頭、松《まつ》の位《くらい》の薄墨花魁の弱みは、あんたはん、神守幹次郎どすがな。過ぐる日、吉原の大火事で楼に取り残された花魁を助け出したんは、あんたはんやそうな。違《ちゃ》いますのんか」

「いかにも、そのようなこともござった。吉原は花魁大事、遊女大切の土地柄。あのような場合、われら会所の者は命を捨てても花魁衆の身を守るのが務めにござる」

「いいえ、違います。あの折り、猛炎に飛び込まれたんは、神守幹次郎はんおひとりや。ために薄墨太夫もあんたはんのことを命の恩人として頼みに思うてはりますんや」

「だからと申して、それがしにはそなたのお役に立てる力はござらぬ」

と答えた幹次郎は、ねばねばと纏《まと》わりつくような古一喜三次の視線を避けて、辞去の挨拶をして歩み出した。その背に、

「神守はん、この古一喜三次は考えたことはやり抜く男どす。覚えておいとくれやす」

幹次郎は足を止め、振り返った。

「古一喜三次どの、そなた、一興堂風庵なる御仁《ごじん》を承知ではござらぬか」

最後の言葉になんとなく京の、

「闇の勢力」

の臭いを感じたからだ。

「一興堂風庵、どなたはんどすか」

幹次郎の咄嗟《とっさ》の思いつきに喜三次は無表情を貫いた。

幹次郎にも確信があっての問いではない。ただ、続けざまに京の人物が吉原に興味を示したことが幹次郎にその問いを発させていた。

「仮宅商いの吉原に手を伸ばし、乗っ取りを企《たくら》んだ御仁にござる」

「わてがなんでそないな悪党と一緒くたにされんといけまへんのや」

「知らぬならそれでよい。失礼を致した」

ふたたび踵《きびす》を返そうとする幹次郎に喜三次が、

「神守はん、その一興堂はんは、どうなりましたんや」

「一味は悉《ことごと》く相州真鶴まで追尾して始末致した」

「さすがに吉原会所の裏同心はんや」

「そなたに褒めてもらうと、尻がムズ痒《がゆ》くなる。肝心要《かんじんかなめ》の頭目《とうもく》一興堂風庵を捕り逃がした」

「ほう、一興堂はん、生きておられますんかいな」

頷く幹次郎に、

「京の島原の妓楼も茶屋も一軒残らずこたびのどんぐり焼けで燃えてしもうたがな。一興堂はんが再起を図ろうかて京は頼みにならん、あきまへん」

「吉原はそうあることを願っておる」

首肯《しゅこう》した古一喜三次に店の中から声がかかった。

「旦那はん、ちょいとお話が」

「番頭はん、待ちなはれ。今大事な話の最中や」

と後ろも見ずに答えた喜三次は、

「神守はん、わてはあくまで商人どす。そやさかい吉原を乗っ取るなんてこと、努々《ゆめゆめ》考えていやしまへん。もっとも花魁衆が山城金紗縮緬のべべを着てな、座敷に出はったときは、乗っ取ったと言えんこともないやろか。これなら、文句のつけようもありまへんやろ、なあ裏同心はん」

くるり、と幹次郎は古一喜三次に背を向けた。


次に幹次郎が立ち寄った先は馬喰町《ばくろちよう》の煮売り酒場の虎次《とらじ》親方の店だった。この店には身代《みが》わりの左吉《さきち》が決まった卓《たく》で端然《たんぜん》と酒を呑む風景がいつもあった。しかしこの日、左吉の姿はなかった。虎次が幹次郎を見つけて、声をかけた。

「おや、神守の旦那、相模から戻って参られましたか」

「親方、昨日、江戸に帰着したところでな、本日は無沙汰《ぶさた》をしておる方々に顔出しに参った」

「身代わりの左吉さんがさ、酒を呑みながら神守様のいねえ江戸はつまらねえとぼやいていましたが、この二十日も前から身代わりの本業が舞い込んだか、姿を見せられませんよ」

身代わりとは奇妙な職業だ。

江戸町奉行所に咎《とが》めを受けた罪人は人殺しや火つけのような重罪人ばかりではない。商いで違反が生じて、白洲《しらす》に呼び出される者もいた。

そのようなとき、左吉が身代わりになって出頭し、ときには小伝馬町《こでんまちょう》の牢屋敷に何月もしゃがむ身代わりを果たした。むろん、付き添う五人組も奉行所も承知のことで、咎め立てを受けた当人からそれなりの金子が見逃し料として各所に支払われた。もちろん務めを果たした左吉は応分の小判を受け取ることになる。

「お願いの筋が格別あったわけではない。それがしも左吉どののお顔を見ぬとなんとなく江戸に戻った気がしないでな、かように顔を見せた。また、日を改めて参ろう」

と幹次郎が虎次親方の店を離れようとすると、

「神守様」

と通りの向こうから小僧の竹松《たけまつ》が手を大きく振った。どうやら使いの帰りらしい。

「あっ、そうそう、うちにはもうひとり、神守様の帰りを一日千秋《いちにちせんしゅう》の思いで待ち望んでおる者がいましたぜ。神守様が仮宅の三浦屋《みうらや》なんぞに竹松を連れていくものだからよ、急に色気づきやがって、寝言はおろか真昼間から、薄墨太夫なんぞと気味の悪い声で囁いて、ぼうっとしているんでございますよ」

「親方、相すまぬ。迷惑をかけておるようじゃな」

「まあ、色気のつくのは男になる証しだ、致し方はございませんがね。竹松が茫然として北の空なんぞを見上げている図はたまりませんや」

と虎次が言うところに竹松が戻ってきた。

懐《ふところ》から吉原のどの妓楼にどのような遊女がいるのか、その揚《あ》げ代はいくらかなどを記した『吉原細見《さいけん》』が覗いていた。

「竹松、懐からなんぞ出ておる。親方に見つかると叱《しか》られぬか」

幹次郎の小声に竹松が慌てて『吉原細見』を懐の奥に突っ込んだ。

「神守様、昨日戻ったんだってね」

「よう承知じゃな」

「そりゃ、吉原への案内人だもの、神守様の動きには眼を光らせてますからね」

「おや、並木町辺りでそれがしが戻ったと聞いたか」

「身代わりの左吉さんほどじゃないけどさ、この竹松にだってあれこれと知り合いは、あるんですよ」

「ほう、そなた、虎次親方の店を辞めて左吉どのに弟子入りするつもりか」

「そんなこっちゃありませんよ。タネをばらせばさ、その先の土橋のところでさ、虎次親方のところの小僧だなって浪人さんに声をかけられたんだよ……」

竹松は相手の風体を見た。見知らぬ浪人者で客ではなかった。

「いかにも、おれは煮売り酒場の小僧の竹松だけどよ、浪人さんはだれだえ」

「それがしの詮索《せんさく》はよい。虎次の店に吉原会所の神守幹次郎が時折り寄るそうじゃな」

「神守様は身代わりの左吉の旦那に会いに来るんだよ。だけど、浪人さん、そんなことを訊《き》いてどうする。第一、神守様は相模に行って江戸を留守にされておられるんだよ」

「小僧、すでに戻っておる」

「えっ、神守様が戻っていなさるって。おかしいな、帰ってきたらきたでうちに顔を見せてもいいじゃないか。浪人さん、いい加減なことを言わないでよ」

「虚言《きょげん》ではない。昨夜、江戸に戻ったばかりよ」

「なんだ、そうか」

と応じた竹松は、

「浪人さん、小僧のおれからなにか聞き出そうったって無理だからね」

と身構えて応えた。

白昼の通りだ、いくらなんでも乱暴はしまいと竹松は思っていた。

「そのほうから聞き出そうなどとは考えてもおらぬ。ただ」

「ただ、なんだい」

「そのほうに神守幹次郎の帰着を教えたかっただけよ」

「なんでそんなことを言うんだい。おまえ様は一体全体何者だ」

と竹松は改めて不審を感じて相手の身許を尋ねた。


「……するとね、相手が夢幻一流海坂玄斎って答えたんだよ。神守様、知り合いかえ。うちに神守様が来るってことも、あいつ知っていたんだね」

竹松の言葉を聞いた幹次郎は、

(吉原に何者かの新たな魔の手が伸びている)

ことを確信して慄然《りつぜん》とした。

第二章　長い一日

一

浅草並木町の料理茶屋山口巴屋に梅の香りが漂っていた。敷地を取り巻いて流れる石組みの疎水《そすい》がちょろちょろと水音を立てて流れていた。さらに土盛りの塀の上に植え込みがあって、さらにその上から梅の枝が差しかかり、凜《りん》とした香りを放っていた。

幹次郎はこれまで梅の存在に気づかなかったな、と江戸を留守にした間に花を咲かせた梅の雅趣《がしゅ》に富んだ枝ぶりに見惚《みと》れた。

すると表口で人の気配がして、風呂敷包みを腕に抱えた禿《かむろ》を従え、薄墨太夫が姿を見せた。

松の位の太夫は、渋い色合いの唐桟《とうざん》を着込んで素顔のままだった。

元々吉原にいたときも花魁を務める時間だけは薄化粧をして紅を刷《は》いていたが、昼見世《ひるみせ》が終われば夜《よ》見世を待つ短い時間にも化粧を落として素の顔に戻していた。仮宅に移ると、昼間外出するときも素顔であった。

「おや、神守幹次郎様、こたびは相模屋の一件ご苦労にございました」

薄墨は幹次郎に相模行きの御用旅を労《ねぎら》った。

「太夫、手習い塾は終わられましたか」

薄墨は汀女を手伝い、手習いに集まる遊女衆に字や文を指導していた。薄墨にとって浅草寺門前の東仲町《ひがしなかちょう》の三浦屋の仮宅から並木町にある料理茶屋山口巴屋に通う短い時間が、

「薄墨」

からひとりの女に戻れる瞬間だった。また市井《しせい》の種々《くさぐさ》を感じられる貴重な時間でもあった。

「いつもはもう半刻《はんとき》（一時間）ほど遅うございますが、本日は昼見世にお馴染様を迎えますので早帰りにございます」

と答えた薄墨が、伴った禿に耳打ちして山口巴屋に戻らせ、幹次郎に向かって、

「汀女先生には玉《たま》の緒《お》に断わりに行かせました。三浦屋の戻り道、付き合《お》うてくださいまし」

と願った。

幹次郎には、吉原の里言葉を使うことはない薄墨だった。

「太夫、御用にございますか」

肩を並べた幹次郎に端麗《たんれい》な細面を向けた薄墨が、

「加門麻《かもんあさ》と申します」

といきなり言った。

「麻様とは薄墨様の本名にござるか」

「声に出してみるとなにやら他人様《ひとさま》の名のような響きに聞こえます」

「やはりお武家の出にございましたか」

「幹次郎様、それ以上はお尋ねくださいますな。吉原に身を落とし、本名を口にしたのは久しぶりのことにございます」

薄墨は仮宅にあるわずかな時だけでも加門麻に戻りたかったのか、幹次郎に告げた。

ふたりは肩を並べてゆっくりと大籬《おおまがき》（大見世《おおみせ》）三浦屋の仮宅に向かってそぞ

ろ歩いた。

山口巴屋から三浦屋に向かう短い散策を少しでも長く幹次郎といられるようにと薄墨が考えてのそぞろ歩きだった。

「太夫、新たな御用が出来《しゅったい》したのでございますか」

幹次郎の念頭に昨夜の刺客海坂玄斎があった。

「麻の用ではご迷惑ですか」

「薄墨太夫、われら、そなた様方の下僕にござる、なんなりと」

「幹次郎様、せめて仮宅にある束の間、私に麻で通させてはくださいませぬか」

「それがし、吉原会所に仕《つか》える身にござれば」

「それも叶わぬと申されますか」

薄墨の口から哀しみの言葉が漏れた。

しばらく沈黙のままに歩いた幹次郎は、思い切って呼びかけた。

「麻様」

「はい」

と初々《ういうい》しい返事が戻ってきた。

吉原三千の遊女の頂点に立つ薄墨だった。だが、廓内では松の位の太夫とて勝手気ままは許されなかった。

仮宅にある日々、三浦屋から山口巴屋へと往復する道すがらは、

「加門麻」

というひとりの女に戻れるわずかな時であったのだ。

虚構《きょこう》の巷《ちまた》を夢見る花魁の願いを叶えさせてはならぬのか。幹次郎は迷った末にその名を口にしていた。

「麻様、なんぞ相談がござりますか」

「幹次郎様、伊勢半のご隠居の桐左衛門様がそなたにお礼がしたいと申されております」

「一興堂風庵のことなれば、もはや済んだ話にございます」

「いえ、桐左衛門様は、未だになんという軽率を仕出《しで》かしたかという後悔に苛《さいな》まれておられます。三浦屋の主様《あるじさま》にも七代目にも、そして、汀女先生にもお断わりしてございます。次なる機会、桐左衛門様が座敷に見えられたときお呼び致しますので、幹次郎様、参られませ」

幹次郎はしばし沈思したのち、

「七代目も三浦屋の旦那どのも承知のことなれば、それがしにとっては御用にご

ざる。お呼びの節には参上致します」

薄墨、いや、麻の口から安堵《あんど》の吐息が漏れた。

「麻様、お聞き及びかとは存じます。それがし、相模の真鶴という地に一興堂風庵を追い詰めながら取り逃がしてございます。伊勢半のご隠居の懸念を取り除くことがそれがしの務めにありながら、しくじり申しました。吉原会所の奉公人としては失格にございます」

「幹次郎様、もうそれ以上己《おのれ》を責められますな。孤軍奮闘《こぐんふんとう》、吉原乗っ取りを画策した京島原の勢力を潰されたのは幹次郎様にございましょう。また四郎兵衛様に聞くところによりますれば、京は大火事で町屋も御所もさらには島原も燃え尽くして、一興堂風庵が生き残り、京に戻ったところで焼け野原、だれも吉原乗っ取りを策する力はないと聞いております」

ふたりの視界の先に三浦屋の仮宅が見えてきた。

加門麻が薄墨に戻る刻限が迫っていた。

「まだ確たる証しはございませぬ。じゃが、京から上州桐生に移り住んだ職人衆の中に一興堂と結びつく勢力があるやもしれませぬ」

麻の足が止まり、顔が幹次郎の顔に寄せられた。

「桐生で山城金紗縮緬を新しく織り出された古一喜三次様の話にございますな」

「とは言い切れませぬが」

最前古一喜三次と偶然言葉を交わす羽目《はめ》になったことを手短に告げた。

「麻様はこの御仁とお会いになったことはございますか」

「いえ。一興堂の一件がございますれば、うちの旦那も相手の魂胆《こんたん》に見極めがつかぬかぎりは座敷に上げぬ、と申されております」

「すでに三浦屋には古一喜三次どのから申し出がございますので」

「再三ありますそうな」

後ろから禿の草履の音が響いてきた。

麻の手が不意に幹次郎に触れて、一瞬止まった。そして、名残り惜しげに離れていった。

「失礼を致しました」

と漏らした麻の姿勢が変わった。ぴーんと背筋が伸びて薄墨太夫に戻った。

禿がふたりを追い越して、

「旦那様、女将様、薄墨太夫、お戻りにありんす」

か細くも甲高い声が三浦屋の抱え、薄墨の帰楼を告げて、加門麻の短い至福の時は終わった。

幹次郎が料理茶屋山口巴屋の古色《こしょく》のついた茅葺《かやぶ》き屋根の門を潜ると、甚吉が飛び石の上を小箒《こぼうき》で掃いていた。

「おや、三浦屋に参ったのではなかったか、幹やん」

「いかにも、薄墨太夫の供《とも》をして三浦屋まで送り届けて参った」

甚吉が立ち上がり、伸び上がるようにして長身の幹次郎に顔を寄せた。

「姉様を心配させるでないぞ」

「甚吉、姉様が案ずることなどなにもない」

「ないで済む話か。吉原雀《すずめ》はもっぱら薄墨太夫が会所の裏同心に惚れておると噂をしておるぞ」

「甚吉、そのような流言《りゅうげん》に惑《まど》わされてはならぬ」

「根も葉もない噂というか。火のないところに煙は立たぬというぞ」

「足田甚吉、そなたも吉原で飯を食う者、薄墨太夫の名を貶《おとし》める話に加担してはならぬ」

幹次郎の厳しい語調に甚吉がむくれ顔をして、

「親切に教えてやったのによ。あとで夫婦喧嘩の仲裁をと言ってきても知らぬぞ」

「そなたには頼まぬ、安心せえ」

白《しら》けた甚吉が幹次郎を店先に残し柴折戸《しおりど》を開けて庭へと消えた。

「どうなされましたな」

と中から汀女の声がかかった。玉藻と一緒に客を迎える掛け軸などを替えて回っている様子だった。

「なあに、甚吉が分からぬ話を持ち出しただけだ」

「甚吉どのがまたなんで分からぬことを言い出したのですか」

「姉様、分からぬ話は分からぬままだ」

と幹次郎が表口を入ると、正面の利休壁《りきゅうかべ》に汀女の手蹟《て》で、

「雛《ひな》祭る都はづれや桃の月　蕪村《ぶそん》」

の薄墨書きがあって、山家《やまが》に雛飾りがある景色が添えられていた。

「山口巴屋では早、桃の節句か」

「節《せつ》を早取りするのが吉原流の接待にございますよ」

と玉藻が笑った。

「薄墨様からお話がございましたか」

と汀女が笑みを残した顔で問うた。

「吉原乗っ取りの一件に絡んで伊勢半のご隠居がそれがしを座敷に呼びたいそうな。客の座敷に呼ばれるのは少々窮屈《きゅうくつ》じゃな」

「そう申されますな、これも御用のひとつにございます」

「やはり御用か」

と呟く幹次郎に玉藻が、

「桐左衛門の旦那は、こたびほど浅はかにも体面を汚した話はない、それを神守様が救うてくれたと感謝なされております。お誘いがあれば快《こころよ》くお受けなされ」

「玉藻様、それがし、精々相務めます」

「戦《いくさ》に参られるのではございませんよ。それに薄墨様もおられます」

「お大尽《だいじん》と太夫、その場に呼ばれてどのような顔をしておればよかろうか」

「いつもの神守幹次郎様をお通しなされませ」

頷いた幹次郎の腹がぐうっと鳴った。

「幹どの、この刻限まで昼餉《ひるげ》を食されなかったか」

「姉様、久しぶりの江戸の町歩き、あちらこちらと参ったで食い逸《そび》れた。それならばそれで夕餉《ゆうげ》まで待つまでじゃ」

「汀女先生、あとは私がやりますので、神守様を台所にお連れして男衆になんぞ願ってくださいまし」

「玉藻様、忙しい時分にそれは恐縮、それがし、お暇《いとま》致す」

「薄墨様の頼みも吉原の御用、遠慮は無用にございます」

と玉藻に重ねて言われて汀女が、

「幹どの、玉藻様のご厚意お受けなされ」

と年下の亭主を料理茶屋の台所に連れていった。

さすがに料理茶屋とあって男衆の料理人の数が多く、下拵えに忙しく立ち働いていた。

「おや、汀女先生、神守様をわっしらに紹介に参られましたか」

と中年の料理人頭が笑いかけた。

「重吉《じゅうきち》さん、大事な亭主どのがお腹を空かしております。なんぞ皆様の賄《まかな》い飯でもございませんか」

「おやおや、この刻限まで飯抜きで御用ですかえ。賄い飯は残ってございませんがな、なんぞ仕度しますで、しばらくそちらで茶なんぞを喫してお待ちなせえ」

と、重吉と呼ばれた料理人頭が料理人衆になにごとか命じた。

幹次郎は広い板の間の隅に置かれた火鉢の前に座らされ、汀女が茶を淹れてくれるのを待った。

幹次郎は腰を落ち着け、辺りを見回した。

女衆が釜前《かままえ》に座っている。包丁を握り、菜箸《さいばし》を使うのは男の料理方で、台所全体に険《けわ》しいほどの緊張が漲《みなぎ》っていた。

「姉様、引手茶屋と内証は同じようなものかと思うたが、だいぶ様子が違うものじゃな」

「ここでは膳に供《きよう》される料理が主役にございますれば、材料を吟味《ぎんみ》し、男衆が丁寧に下拵えし、料理人が心を尽くして煮物、焼き物、お造り、汁物、甘味まで手順を踏んで丁寧に造り上げなされます。ここは言わば料理人の戦場《いくさば》にございます」

茶が供されて幹次郎は少し温《ぬる》めの茶を喫した。

「朝からあちらこちらと動いたで喉が渇いた。なんとも茶が甘く感じるぞ」

「豊後の長屋ではまともな茶など飲む家はございませんでしたものな。私ども、吉原に身を寄せて舌が奢《おご》ったものです」

と笑みを含んだ顔で汀女が言った。

「いかにも端《はな》から出がらしのような茶が茶と思うてきたが、あれはなんであったのか」

幹次郎も汀女の思い出に合わせた。

「幹どの、薄墨様が本名を教えられましたな」

「加門麻様と申されるそうな」

「幹どのが相模に参られている間のことでございます、この家の広座敷でふたりだけになったことがございます。そのとき、薄墨は遊里の中の名、ときに親からもらった名に返りたいと仮宅暮らしになってつくづく思います、とぽつんと呟かれましてな。私が、ふたりのときは、互いに親からもらった名で呼び合いましょうか、と提案致しますと、薄墨様が実に嬉しそうなお顔をなされました。そして、私は加門麻という名にございます、と恥じらいの顔で教えてくれたのです」

「姉様、それがしにそのことを告げる、と薄墨様に断わられたか」

「いえ、それは。さりながら薄墨様が幹どのに本名を告げられることは分かっておりました」

「それでよいのか」

「幹どのを信じておりますゆえ、なんの懸念もございませぬ」

幹次郎は黙って汀女の顔を見た。

「それにな、近ごろつくづくと思います。身を売る遊女には局見世《つぼね》（切見世《きり》）の遊女であろうと、薄墨様のような松の位の太夫であろうと胸の中に深い哀しみを秘めておいでです。幹どの、加門麻様のささやかな願い、叶えてあげなされ」

沈黙を続ける幹次郎のもとに、

「揚げ物のごぼうを入れた蕎麦《そば》にございます。高菜《たかな》を混ぜた握り飯もございますよ」

と若い料理人が膳を運んできた。

幹次郎は汀女がなぜ薄墨のささやかな願いと言わず、加門麻のささやかな願いと言ったのか、その意味を考えあぐねていた。

二

夕暮れ前の下谷《したや》山崎町《やまざきちょう》に竹刀《しない》の音が響いていた。

香取神道流津島傳兵衛道場《かとりしんとうりゅうつしまでんべえ》からだ。小気味よく攻め合う竹刀の音は、門弟衆が打ち込む稽古の物音とは違い緊張があった。かといって道場破りが訪れての真剣勝負の緊迫とも異なっていた。

幹次郎は玄関から式台とは名ばかりの板段を上がり、狭い廊下の閉じられた板戸を静かに引き開けた。すると東西に門弟衆各十人ほどが対峙《たいじ》して座し、今しも行われている勝ち抜き試合を、身を乗り出して見ていた。

幹次郎は板戸を閉じると見所《けんじょ》に向かい、神棚に拝礼してその場に座した。

白鉢巻は門弟の臼田小次郎《うすだこじろう》だ。もうひとりの赤鉢巻の若い弟子には見覚えがなかった。

臼田は入門十年余、御家人《ごけにん》の次男坊で津島道場を住処と心得ている暮らしで、それだけに稽古も十分、津島道場の中堅でなかなかの技量の持ち主だ。

小柄な体の臼田の剣技の要は俊敏《しゅんびん》な動きにあった。

初めて稽古をした相手はこの独楽鼠《こまねずみ》のような動きに戸惑うものだ。

だが、二十三、四歳と思える若い相手は臼田を見下ろす長身で、悠然と臼田の変幻自在の動きを封じていた。

審判は津島道場師範の花村栄三郎《はなむらえいざぶろう》だ。

見所で津島傳兵衛らと数人の客が試合の行方を見守っていた。また東西の出場者以外にも十数人の見物の門弟がいた。

臼田は白組の五番手とみえ、赤組は八人が敗北し、すでにふたりを残すだけだ。赤組の若侍が堂々たる試合巧者《こうしゃ》ぶりを見せて、臼田を威圧して幹次郎の座す道場入り口の羽目板へと追い込んできた。

臼田は反撃に転じようと、小柄な体の背を丸めて左右に飛び跳ねるように動いて攪乱《かくらん》した。だが、長身の若侍は、

すいすい

と落ち着いた摺《す》り足で臼田の動きを読み、不動の構えの竹刀の切っ先で牽制《けんせい》した。

じれた臼田が横手に身を流すとみせて正面へと大胆に内懐に踏み込んで、

「小手《こて》」

を巻き落とそうとした。

臼田が得意とする小手斬りだ。

だが、若侍の正眼《せいがん》の竹刀がしなやかに変じて、小手斬りに来る竹刀を弾《はじ》くと長い竹刀が転じ、

「面《めん》！」

と余裕を残した気合を発して打ち込み、小気味のよい音を響かせた。

「面一本、赤組前川卯之助《まえかわうのすけ》！」

と花村が宣告した。

臼田が負けた悔しさに思わず舌打ちして、

「これは失礼をば致した」

と前川卯之助に詫びた。

前川は育ちがよいのか、笑みを浮かべた会釈を先輩門弟に返した。

「白組六番手兵頭佐吉《ひょうどうさきち》」

と呼ばれて対戦した兵頭をはじめに七番、八番を続けざまに撃破した前川は、白組副将新堂辰馬《しんどうたつま》を、さらには津島道場で五指に入る大将宇喜多兵衛《うきたひょうえ》を見事な胴打ちに下した。

衝撃が津島道場に走った。

それはそうだろう、新入りの門弟に入門五、六年から十年前後の先輩が屈したのだから。ざわざわとした声が見物の門弟衆と東西の対戦者から漏れて、花村が、

「宇喜多兵衛どのの江戸屋敷より国表《くにおもて》への帰国を記念して催《もよお》した東西対抗戦、

副将、大将を残して赤組の勝ちに決まり申した！」

赤組の逆転勝ちを宣告した。

するど見所の津島が花村を呼び寄せて、なにごとか耳打ちした。すると花村がひっそりと座す幹次郎に視線をやって頷き、また道場の中央へと戻った。

「こたびの対抗戦、赤組前川卯之助の六人勝ち抜きにて勝敗は決し申した。じゃが、前川卯之助も大将の相馬政次郎《そうませいじろう》も物足りぬという顔つきをしておる。そこでじゃ、番外戦を催すことに致した。前川、相馬、異存ありやなしや」

と勝ち残った赤組のふたりに問うた。

赤組の座に戻って汗を拭っていた前川が、

「異存ございませぬ」

とその提案を即座に受け、相馬が、

「どなたがわれらの相手にございますな」

とそのことを案じた。

「久しぶりに神守幹次郎どのが顔を出された。どうやらお見かけするに男臭《くさ》い津島道場が懐かしゅうて参られた様子である。そうでござろう、神守どの」

と花村栄三郎が幹次郎に話しかけた。

「はっ」

と応じた幹次郎は、

「それがし、しばらく江戸を離れておりましたゆえ、体を動かしておりませぬ。師範がそれがしを相手にと考えておられるようですが、前川どの、相馬様のお相手が務まるかどうか」

「そなたの言葉に騙されて津島道場の門弟が何十人餌食《えじき》になっておるか。おふたりに少しでも冷や汗を掻《か》かせられるとよいのじゃが」

と花村が幹次郎に笑いかけた。

着流しの幹次郎に若い門弟重田勝也《しげたかつや》が竹刀を持ってきた。

「神守様、前川卯之助どのは初めてにございましょう」

「いかにもさようです」

「御三家尾張《おわり》様のご家臣でこたび江戸藩邸に勤番《きんばん》を命じられ、津島道場の門を叩かれた新入りでして、尾張柳生新陰流《やぎゅうしんかげりゅう》の免許持ちです」

「重田どのはお手合わせなされたか」

「それがしなど洟《はな》もひっかけてもらえませぬ」

と重田勝也が苦笑いした。

「それがしもお稽古をつけていただこう」

腰に脇差《わきざし》を差しただけの幹次郎が道場の中央に進み出た。

「神守どの、前川は六人を相手したばかりゆえ大将の相馬を一番手と致す。この儀いかが」

「師範のお考えのままに」

相馬政次郎とは、幹次郎も何度か手合わせした仲だ。

幹次郎は相馬が加賀大聖寺《だいしょうじ》藩七万石の家臣であったと記憶していた。

津島道場の古い門弟のひとりで、繁く道場に通ってこれない代わりに屋敷内の道場で毎朝一刻《いっとき》（二時間）の稽古を欠かさないと聞いていた。

「神守どの、久しぶりにござる」

と相馬が幹次郎に挨拶し、幹次郎もまた、

「相馬様、宜しくご指導のほど願います」

と年長の門弟に丁重に挨拶を返した。

そんな様子を前川卯之助が物珍しそうに眺めていた。

「ご両者に改めて申し上げる。勝負は一本にござる、宜しいか」

と花村が念を押し、ふたりは首肯した。

幹次郎は相馬に黙礼すると竹刀を正眼に構えた。

相馬もまた重厚な構えの相《あい》正眼を取った。

両者は静かに見つめ合った。睨み合うのではなく、ただ相手を見ていた。

不動のままに動かない。

静かな時が流れていった。

仲春の黄昏《たそがれ》の光が津島道場に差し込んできて、横手からふたりの不動の構えを浮かび上がらせた。

相馬の身丈は五尺七寸（約百七十三センチ）余、がっちりとした体つきが道場の床《ゆか》に根を生やしたようであった。

一方、幹次郎は着流しのせいか、
そよ
とした風にも靡《なび》く構えで、だが、泰然《たいぜん》とした不動を保っていた。

柔らかい光が一瞬強さを増した。

その瞬間、相馬が上体を前傾させて飛び込んできた。そよ、と立つ幹次郎の脳天を叩き割るような疾風怒濤《どとう》の、

「面打ち」

だった。

幹次郎は待った。引きつけるだけ引きつけて、幹次郎の竹刀が翻《ひるがえ》り、相馬の竹刀を握る拳《こぶし》をしなやかに叩いていた。

竹刀が飛んで床に転がった。

おおっ
という驚きの声が道場にいる人々から上がった。

「神守幹次郎どの、小手一本」

花村の宣告を聞いた幹次郎は相馬に一礼すると下がった。

「参りました、神守どの」

と数拍置いて相馬が律儀《りちぎ》に負けを認める言葉を吐いて、下がった。

すでに道場は春の濁った宵闇が支配していた。

前川卯之助がふわりという感じで幹次郎の前に立った。

「お願い申す」

「こちらこそ」

前川は最前の対抗戦とは異なり、異形の構えを見せた。

左手に竹刀を握り、片手上段《じょうだん》の構えを取ったのだ。長身を利して幹次郎の面を狙う気か。

幹次郎はそれに対して正眼にふたたび構えた。

今日の幹次郎は眼志流の居合も薩摩示現流《さつまじげんりゅう》の荒技も封じていた。

間合は一間（約一・八メートル）。

前川が狙うのは飛び込み面か。

そんな考えが幹次郎の脳裏を掠《かす》め、雑念を消し去った。ただ無心、幾多《いくた》の修羅場を潜ってきた幹次郎が会得《えとく》した、

「目に見えない心の構え」

だった。

前川卯之助の左手が、
ひょいひょい
と間合を取るように前後に動かされ、幹次郎の出方を見ていた。

その度に前後に開いた両足の爪先《つまさき》が上下した。それが止まった瞬間、前川は踏み込んできた。

伸び上がるように飛翔した片手一本の面打ちが幹次郎の頭を襲った。

正眼の竹刀が、

そよ
と動いて片手打ちを弾いた。

幹次郎が驚くほどの片手打ちの強さだった。幹次郎の弾く竹刀にずしりと巻きつくように打たれ、それでも幹次郎の相手の力を吸収するような弾きに流された片手打ちが横手に流れ、幹次郎の胴に来た。

それも弾いた。

さらに変幻した片手打ちが前川の飛び下がりに合わせて、幹次郎の小手に来た。

幹次郎は引き小手に合わせるように流した。

ぽーんと飛び下がった前川卯之助の血相《けっそう》が険しく変わっていた。

右手が竹刀に添えられた。これで両手打ちに戻ったことになる。

すいっ
と間合を詰めたのは幹次郎だ。

それに合わせるように前川が下がった。

幹次郎がさらに一歩二歩と踏み込んだ。

前川は踏み止《とど》まると見せて、
すうっ

と一間半（約二・七メートル）余の間合を選び、後退した。
もはや津島道場は闇が支配して格子窓に微《かす》かな灯りがあるばかりだ。
「え、えいっ！」
と臍下丹田《せいかたんでん》に力を込めた裂帛《れっぱく》の気合が闇の道場に響き、前川が一気に間合を詰めてきた。上段から雷光《らいこう》のような素速さで竹刀が振り下ろされた。
そより
と幹次郎の竹刀が強打の竹刀に合わされた。前川の竹刀の鍔元《つばもと》に幹次郎の竹刀が流れて、押さえられた。
その瞬間、前川卯之助の竹刀が膠《にかわ》でつけられたように動きを止めた。
うっ
と声にならない声を漏らした前川が膠着《こうちゃく》した竹刀に力を込めて幹次郎を後方へ突き倒そうと試みた。
その瞬間、前川の前面にいた幹次郎の姿が一瞬掻き消えて、竹刀が軽くなった。
前川が消えた幹次郎を探し求めようとしたとき、
ずしん
と重い胴打ちを見舞われて横手に吹っ飛んでいた。

「ま、参りました」

前川卯之助が声を絞り出した。

東西戦が決した道場に酒樽が運び込まれ、スルメを肴《さかな》に酒盛りが始まろうとしていた。

「師範、本日の対抗戦は宇喜多様の送別の催しでしたか」

と幹次郎が花村栄三郎に問うと、

「いかにもさよう、宇喜多どのが国許に戻られるために津島道場をしばらく休みなさる。そのために別離の酒盛りをと考えたのだが、ただの呑み食いではつまらぬによって、先生に許しをもらい、惜別《せきべつ》の稽古試合を設けたのだ」

「えらいところにそれがし飛び込んだようです」

「新入りの前川卯之助に先輩門弟が総嘗《そうな》めにされるところであった。津島道場の面目丸潰れをようも救ってくれた。礼を申すぞ」

と花村に言われた幹次郎は、

「礼もなにも、稽古にございます」

「いや、そうではないぞ。それがしの送別というのに前川の涼しげな顔に動きを封じ込められて、胴を強《したた》かに打たれて、それがし、恥を掻きに対抗試合に出たようなものじゃ」

と宇喜多が加わった。

そのとき、幹次郎は津島傳兵衛に呼ばれた。

「先生、お久しゅうございます」

「御用で江戸を離れておられたようじゃな」

「相州岩村から真鶴に行っておりました」

と答える幹次郎に津島が頷き、傍らの紋服《もんぷく》の武家を見た。

「佐貫《さぬき》様、吉原会所に勤める神守幹次郎どのにございます」

「吉原会所にかような人物がおるか」

「昨年の火事で仮宅商いの吉原にございますが、遊女三千の籠の中、あれこれと難儀が生じます。むろん官許の吉原は江戸町奉行所が監督する遊里にございますが、数人の与力同心では目が行き届きませぬ。そのような折り、この神守幹次郎どのの出番にございましてな」

壮年の武家が幹次郎を見た。

「神守どの、こちらは尾張藩江戸屋敷大番頭《おおばんがしら》佐貫又兵衛《またべえ》様でな、前川卯之助の上役《うわやく》であらせられる」

と津島が幹次郎に紹介した。会釈する幹次郎に前川を呼び寄せた佐貫が、

「どうだ、卯之助」

「佐貫様、どうにもこうにも格違いにございまして、赤子扱いにあしらわれました。かように強いお方が江戸にはおられるのですね」

前川卯之助は屈託のない顔で笑い、

「神守様、以後お見知りおきください」

「こちらこそお願い申す」

そこへ若手の重田らが茶碗酒を盆に載せて運んできた。

佐貫も津島傳兵衛も幹次郎らも茶碗を取り、傳兵衛が傍らに宇喜多を呼んで、

「国許に戻られても稽古を忘れず精進なされよ」

と惜別の乾杯の音頭《おんど》を取り、全員が酒を呑み干した。いち段落したところで、

「津島先生、神守氏《うじ》の強さはどこから来るのでござろうか」

と佐貫が傳兵衛に訊いた。

尾張藩の武官たる大番頭は五百石高、太刀《たち》馬代御礼《うまだいおんれい》以上と呼ばれる重臣のひとりである。

「神守どのの強さの秘密ですか。道場稽古ではのうて潜ってきた修羅場の数にございましょうな」

「ほう、かくも太平《たいへい》の世に実戦と申されるか」

「佐貫様方のように主持ちでは刀を抜く機会など滅多にございますまい。刃傷《にんじょう》に及べば身は切腹お家断絶の覚悟が要り申そう。一方、遊里吉原を狙う悪党どもがあれこれと触手《しょくしゅ》を伸ばして蔓延《はびこ》っておりますそうな。ために神守幹次郎どののように身を挺《てい》して遊女らを守り、吉原の権益を護持する職が存在しております。神守どのは日常から刀槍《とうそう》の戦いを繰り返し、悪党めらと刃を交えておられる」

「ふーむ、天明の世にそのような戦場があるとはのう」

と佐貫が感嘆《かんたん》した。

前川卯之助も興味津々に津島傳兵衛の話を聞いていた。

「それがしのような武骨者《ぶこつもの》は話しか存じませぬ。ですが、吉原は一夜千両の小判が降る別天地にござれば、吉原を舞台に魔の手を伸ばす奴《やつ》ばらが後を絶たぬのでしょう。のう、神守どの」

「さあて、それがし、ただ会所の命に従っておりますれば、ただ夢中で日を過ごしております」

幹次郎は津島傳兵衛の問いに直《じか》に答えることはなかった。

三

幹次郎が津島傳兵衛道場門前で尾張藩の佐貫らを見送り、山谷堀の牡丹屋に戻ろうとすると、直ぐに前川卯之助が駆け戻ってきて、

「神守様、近々吉原会所とやらに神守様をお訪ねしてようございますか」

「吉原会所はただ今は仮宅商いにございますが、それでも宜しければ、今戸橋際にあります船宿牡丹屋をお訪ねください」

「約束ですよ」

と初々しく言った前川が佐貫主従の提灯の灯りを小走りに追っていった。

「どうやら前川卯之助は神守幹次郎の信奉者《しんぽうしゃ》になったようじゃな」

と道場から姿を見せた花村が言いかけた。

「何事にも関心がいく年ごろです」

「そなたに鼻っ柱を叩き折られたでな、いたく関心を持ったようじゃ。あるいは遊里吉原にかのう」

と花村が首を傾げて遠くに消えていく提灯の灯りを見た。

「師範、それがしはこれで」

「山谷堀に戻られるか。気をつけて戻られよ」

と花村と道場の前で左右に別れた。

幹次郎は下谷山崎町の通りを北に出て、下谷御切手町《ごぎってちょう》から東に延びた通りと交差する辻で右に曲がった。

北に坂本村《さかもとむら》を見るこの界隈はわずかに武家屋敷があるくらいで大半は寺町が続く。

幹次郎は提灯も持たず、寺町にある常夜灯の灯りを頼りにひたひたと東を目指した。

「うむ、これは」

と感じたのは源空寺《げんくうじ》の門前を通り過ぎた辺りだ。

幹次郎は前後を囲まれたような気がした。だが、歩みは変わることはない。

延々と続く寺町の塀の前には疎水が流れて、ちょろちょろとした水音を立てていた。

左手に海禅寺《かいぜんじ》の長い白壁を過ぎようとして安行寺《あんぎょうじ》の辻に差しかかった。その辻の手前にも疎水が南北に流れて板橋が架かっていた。

五つ（午後八時）前の刻限だが、寺町のせいか人通りは絶えていた。

幹次郎は板橋を渡り、辻に入った。

前後からゆらりと影が間合を詰めて幹次郎を挟んだ。

影のひとり、頭分《かしらぶん》と思える者が誰何《すいか》した。

「吉原裏同心神守幹次郎じゃな」

「そのように呼ばれることもないではない」

幹次郎は影を見回した。

袴《はかま》は穿《は》いていたが、裾《すそ》は解《ほつ》れているようで穿き古したものだった。金で腕を売る連中と見えて、殺伐《さつばつ》とした風貌《ふうぼう》をしていた。

「なんぞ御用か」

「そなたを目障りと思われるお方がおられる。ゆえに命を絶つ」

「容易《たやす》く申されるな」

「かようなことは珍しくもないか」

「そなたら、どこから尾《つ》けておったか知らぬが、道場で思わぬ稽古試合をなし、わずかながら酒も頂戴した。今宵は見逃してはくれぬか」

幹次郎は正直に告げた。

長い一日が終わろうとする間際に厄介が生じたのだ。できることなれば、刀を抜く真似はしたくはなかった。

そう思いながら、

（だれが差し向けた刺客か）

と思いを巡らした。

一日、思い出せぬくらいに歩き回り、あちらこちらと訪ね回っていた。

いや、昨夜の海坂玄斎に関わりの者と考えられなくもない、と思うた幹次郎だが、独り幹次郎の前に立った海坂とは、違う筋ではないかと考え直した。

思い巡らす幹次郎の行動をどう捉えたか、現われた面々が幹次郎を辻に囲い込んだ。

その数、七人か。

夜風に残り梅の香りが漂ってきた。安行寺の庭に梅の木があるのか。

辻に抜刀の音が不気味に響いた。

幹次郎は無銘の豪剣二尺七寸の鞘元を左手で軽く押さえただけだ。

「この界隈は寺町、そなたらの亡骸《なきがら》を投げ込むにはなんの不都合もない。じゃが、名無しでは菩提《ぼだい》を弔《とむら》う僧侶も困ろう。名を告げて三途《さんず》の川を渡らぬか」

「大言を吐くのも今宵かぎり」

板橋の上に立つ頭分の声が攻撃の合図か、幹次郎の背後と左手から太刀風《たちかぜ》が襲いきた。

それを感じた瞬間、幹次郎は正面の頭分へと跳んでいた。

不意を突かれた相手がだらりと下げていた刀を持ち上げようとした。衆を頼んで、刀を下げていたことが頭分に不運を招いた。

幹次郎の着流しの裾が翻り、腰間《ようかん》から刃が走って光になったとき、頭分の汗と埃《ほこり》に塗《まみ》れた袴の帯上に冷たい感触が走り抜けて、頭分の体は橋の欄干《らんかん》へと叩きつけられていた。

げげえぇっ
辻に頭分の悲鳴が漏れた。

「眼志流横霞《よこがす》み」

幹次郎の口がこの言葉を吐《つ》き、次の瞬間、残った仲間たちが幹次郎を押し包むように刃を揃《そろ》えて迫りきた。

幹次郎は左に跳んだ。

その方角にはふたりがいた。
幹次郎は揃えられた刃の動きを凝視しつつその間を駆け抜けた。そして、両者の背後に抜けたとき、
うっ
と押し殺した声が幹次郎の背でして、ふたりがばたりばたりと辻に倒れ込んだ。
幹次郎は、
くるり
と反転した。
残った四人は立ち竦《すく》み、動揺が見えた。
「これ以上の闘争は無意味と思え」
幹次郎が刀に血振りをくれた。その音が、
しゅっ
と響いて、刃の血が闇に飛んだ。
「仲間三人、医師の許へ運び込めば命は助かる」
幹次郎はそう言い残すと東に向かう寺町の通りに向かった。
行く手を塞ぐふたりが黙って道を開けた。

幹次郎は広小路《ひろこうじ》に入り、緊張を解いた。

ふうっ
と小さな息を夜気《やき》に吐いて、歩を緩《ゆる》めた。

雷《かみなり》御門《ごもん》の前に出て、迷った。

仲見世《なかみせ》を抜け、随身門《ずいじんもん》から金剛院《こんごういん》の前に出て浅草寺寺中を通り今戸橋に抜けるか、それともまっすぐに浅草御蔵前通りに出て今戸橋に戻るか、ふたつの帰り道のどちらを取るか、をだ。

幹次郎の脳裏に、会所の衆は未だ仮宅を見廻る夜廻りの最中という一事が浮かんだ。

幹次郎の足は吾妻橋《あづまばし》に向けられた。すると突然、

「幹やん」

と足田甚吉の声がした。

料理茶屋山口巴屋から仕事を終えて戻るところか。

「おお、甚吉、勤めが終わったか」

「終わった。幹やんも会所に戻る道すがらか」

「いかにもさよう、共に戻ろうか」

と答える幹次郎に、甚吉が、

「そういえば玉藻様が幹やんを探しておったぞ。牡丹屋に何度も使いを出されてな」

「なんぞ出来したのであろうか」

「いや、薄墨太夫のところに伊勢半のご隠居が姿を見せられ、ただ今山口巴屋の離れで酒食を共にされておるのだ」

「甚吉、それがし、山口巴屋に立ち寄る。姉様にちと遅くなるやもしれぬと伝えてくれ」

「合点《がってん》だ。それにしても幹やんの仕事は際限がないな」

と疲れた笑いを残して甚吉が雷御門へと消えた。

幹次郎が山口巴屋の門前まで来ると、玉藻が客の乗物《のりもの》を見送るところだった。

「玉藻様、それがしに使いを出されたとか。御用にございますか」

「おや、神守様、会所から駆けつけて参られましたか」

「いえ、それがし、下谷山崎町からの戻り道、浅草寺門前で甚吉に出会い、教えられました」

「なによりでした。昼間、噂をしていたと思うたら、伊勢半のご隠居がふらりと夕刻参られましてな、ただ今離れ屋で薄墨様とご一緒されております」

「伊勢半のご隠居どのがお呼びにございましょうか」

「薄墨様も大喜びなさいますよ」

玉藻が幹次郎を石灯籠《いしどうろう》の灯りが濡れた石畳に映る道を案内していった。

離れ座敷にはふたりの他にもだれかいるのか、賑やかな笑い声がしていた。

「伊勢半のご隠居様、薄墨様、お待ちかねのお方を伴いましてございます」

と廊下に座した玉藻が障子の向こうに声をかけると、

「玉藻様、まさか神守様ではありんすまいな」

と艶《えん》を含んだ声がした。

「薄墨様、いかにも神守幹次郎様を伴いましてございます」

障子が中から引き開けられた。

幹次郎は廊下に座して、静かに頭《こうべ》を垂れた。

「おおっ、ようお見えになりましたな。今宵はもはやお会いするのは叶わぬかと諦めておりました。ささっ、面《おもて》を上げてこちらに参られまし」

幹次郎が顔を上げると、座敷には、薄墨太夫や新造《しんぞう》女郎に禿らがきらびやかに居並び、その真ん中から伊勢半の隠居桐左衛門が笑いかけた。

隠居といっても桐左衛門は魚河岸《うおがし》の本小田原町《ほんおだわらちょう》の大店を四十にして倅《せがれ》に譲り、あちらこちらの神社仏閣詣《もう》でを生き甲斐《がい》にしている御仁で、薄墨太夫の贔屓とし て吉原では名の通った粋人のひとり、未だ男盛りだった。

幹次郎とは吉原乗っ取りを策した一興堂風庵事件をきっかけにいささかの因縁《いんねん》が生じていた。

「お邪魔致す」

幹次郎の座が薄墨と桐左衛門の正面に設けられて、幹次郎は慣れぬ座敷に腰を下ろした。

「神守様、昨日、相模から戻られたと太夫から聞き及びましてな、なんとしても神守様にお目にかかりたく女将に願った次第にございます」

「お手間を取らせ、相すまぬことでした」

「いえね、神守様には私の失態を取り繕うてもらった上に、命まで助けていただきました。命の恩人、足向けも顔向けもできません。一度なんとしてもお礼を申し上げたく思うておりました。その節は真《まこと》に……」

「桐左衛門様、その先は申されますな。これがそれがしの務めにござる。ご隠居が気にかけることなど爪の先ほどもございません」

と幹次郎が頭を下げて、受け流そうとした。

「ほれ、ご隠居、神守様は改まって礼を申されますとかようにお困りになるお方にござりんす。わちきもご隠居と同じように神守幹次郎様は命の恩人にありんすが、礼を受けようとは決してなさりんせん」

と薄墨が笑い、

「神守様、今宵はわちきの酒を受けてくんなまし」

と里言葉で願うと、心得た禿が幹次郎に塗り盃《さかずき》を持たせた。

幹次郎は塗り盃を手に膝《ひざ》で薄墨の前まで進んだ。

座敷で花魁の化粧をした薄墨と対面するのは初めてのことだ。

「頂戴致す」

幹次郎が塗り盃を差し出すと腰を浮かした薄墨が銚子《ちょうし》からゆるゆると酒を注《つ》いでくれた。

「桐左衛門様、馳走《ちそう》にあずかります」

幹次郎が津島道場で呑んだ二杯ほどの茶碗酒は、寺町の辻の戦いで醒《さ》めていた。

そのせいか、喉がからからに渇いていた。

ごくりごくり

と喉を鳴らして呑み干した幹次郎は、

「太夫、甘露《かんろ》にござった」

と礼を述べた。

「神守様、私の酒も受けてくださいまし、お願い致します」

桐左衛門の言葉に、

「桐左衛門様、それがし、相模まで出張りながら、一興堂風庵を取り逃がす失態を演じております。伊勢半のご隠居がそれがしに恩など感じることは一切ございませぬ」

と改めて言った。

「そう申されますな。先ほど七代目に真鶴の神守様お独りの戦の顚末《てんまつ》を仔細に聞かされましてな、改めて私の愚《おろ》かさを悔《く》やんでおるところですよ」

と言いながら桐左衛門が差し出した銚子の酒を受けることになった。

「薄墨太夫、伊勢半のご隠居にも酒をお願い申します」

「なに、私と酒を呑み分けてもらえますか」

「桐左衛門様、そのような非礼を考えてはおりませぬ。ただ、ご一緒に酒を呑みたく思うただけです」

「いや、神守様、ぜひとも呑み分けにしてくださいまし」

「桐左衛門様がそう思《おぼ》し召しなれば」

「決まった」

桐左衛門にも塗り盃が渡され、薄墨が注いだ。

「固めの盃にございます。おふたりして中ほどまでお呑みくだされませ」

と薄墨が言うと、座敷の端に控えていた三味線弾《しゃみせんひ》きが陽気な調べを弾き始め、幹次郎と桐左衛門がゆったりと半分ほど呑み、盃を交換した。

その様子を薄墨がなんとも複雑な表情で見ていた。

幹次郎は桐左衛門が残した酒を調べに合わせて、ごくりごくりと呑み干した。

盃を顔から下げると桐左衛門も盃を手ににっこりと幹次郎に笑いかけた。

「神守様、これで伊勢半の隠居桐左衛門は、呑み分けの義兄弟にございます」

そこまで考えが至らなかった幹次郎は、

「それがし、吉原会所の奉公人にございますれば滅相《めっそう》もないことにございます、
桐左衛門様」

と言いながら、助けを求めるように薄墨を見た。なにしろ伊勢半は幕府の祝い鯛を一手に引き受ける魚河岸の豪商である。江戸でも有数の分限者《ぶげんしゃ》と義兄弟など

ありえない。

「もはや腹中の酒は互いの血と混じり合うておりますわいな。これにて伊勢半の桐左衛門様と神守幹次郎様は呑み分けの義兄弟、まっことおめでとうござんした」

とふたりの男を交互に見ながら薄墨が厳《おごそ》かに宣告した。

「神守様、失礼ながら年上の私が義理の兄、そなた様が義弟にございます」

「口が災《わざわ》いしたか、大変なことになりました」

と呟く幹次郎を見て桐左衛門が笑った。

「神守様、もはやお覚悟なさいましな」

「伊勢半様の体面を汚すことはございませぬか」

「太夫、この神守様、剣を持たせれば鬼神《きじん》か阿修羅《あしゅら》の働きぶりですが、かような席では、なんとも純なお方じゃな」

「ご隠居、わちきが惚れるわけ、今ごろ気づかれましたかいな」

「私がいくら薄墨のもとへ通うても神守様がおられるかぎり、所詮《しょせん》は二の次、三の次」

「皆まで仰いますな、桐左衛門様。わちきとてそれは同じ気分にありんす」

「またそのわけは」

「わちきがいくら心を傾けさせようと、神守様には汀女様と申される賢妻《けんさい》がありんす」

「おお、それは承知よ、薄墨太夫」

「ご隠居、幼馴染の汀女様が借金のかたに上役に嫁に取られたことに耐え切れず、俳諧《はいかい》の催しの帰りの汀女様を待ち受けて、さる西国の城下から手に手を取って逐《ちく》電《でん》し、妻《め》仇《がたき》討《うち》の追っ手を逃れ逃れて十年も、三百諸国を流浪の旅路、ついには吉原に夫婦《めおと》して身を寄せられたお方にござんす。いくら薄墨が熱い想いの吐息をかけようと、赤い糸は汀女様と固く結ばれて、わちきの手練手管《てれんてくだ》もすべて無駄にありんすわいな」

「薄墨、その話は初めて聞いた。真の話にございますか、神守様」

と桐左衛門の柔和《にゅうわ》な目が幹次郎を見た。

「まさか薄墨様が過ぎ去った流浪の日々をご披露なされようとは、思いもよらぬことにございました。桐左衛門様、いかにもそのような無謀な旅をして、吉原に拾われた夫婦にございます」

「凜と背を伸ばして歩かれる汀女先生の矜持《きょうじ》の源は、神守様との道行《みちゆき》に培《つちか》われたものにございましょう。わちきがいくら身悶《みもだ》えしたところで、どうにも叶いませぬ」

「太夫、この世の中、うまくはいかぬゆえに面白いと思わぬか」

と鷹揚《おうよう》に笑った桐左衛門が隣座敷に声をかけた。

「おい、清吉《せいきち》、こちらに顔を出して神守様にお酌をしないか。おまえにもそれくらいの義理はあろうというもんじゃないか」

へえ、と声がして姿を見せたのは鳶《とび》の偉丈夫《いじょうふ》だった。

「そなたは」

「へえ、大川の中洲《なかす》で槍に突かれたわっしの命を、神守様が拾うてこの世に繋《つな》ぎ止めてくださいました。神守様、あの折りはまっこと有難《ありがと》うございました。わっしの酌を受けてくださいまし」

と清吉が願った。

「清吉兄い、すでに二杯も塗り盃で頂戴した。これ以上呑むと山谷堀まで帰れぬわ」

「ならば山口巴屋にお泊まりなされ。こちらなれば汀女先生も文句は申されますまいな」

と薄墨が嫣然《えんぜん》と笑い、銚子を清吉に渡した。

四

幹次郎は、山口巴屋を四つ（午後十時）近くに玉藻に見送られて出た。

「今宵は格別にございますよ、夜通し呑み明かしましょうぞ」

と伊勢半の隠居の桐左衛門が引き留めたが、

「もう十分に酒は頂戴しました。これにて御免蒙ります」

と辞去の挨拶をなし、門前並木町から広小路に出ると右に曲がった。浅草御蔵前通りを山谷堀に向かおうと思ったからだ。

幹次郎はいささか疲れを感じていた。

長い一日だった。朝からの行動を思い出せないくらいあちらこちらを歩き回っていた。

（昔の幹どのではもはやありませぬ）

汀女の口癖《くちぐせ》の言葉が胸を過《よぎ》った。

いかにも豊後岡藩城下を逐電した折りの無謀さも若さも失っていた。

吉原会所に夫婦して拾われ、落ち着いた暮らしを得た。だが、その代償に刺客に襲われる日々に耐えなければならなかった。

それがわれら夫婦の暮らしの基《もとい》となっているのだ、そう自らに言い聞かせ、御蔵前通りに出た。

御蔵前通りを今戸橋に向かって駕籠が飛んでいく。

吉原の仮宅へと急ぐ駕籠だった。

仮宅では引け四つの大門閉門を守ろうにも大門が焼失して、妓楼は大川両岸に散っていた。ために閉門の刻限は有名無実と化していたが、馴染の遊客にとって、吉原の仕来たりは胸の中で生きていた。そんな駕籠を避けて通りの左の軒下に寄った幹次郎は、山谷堀へと急いだ。

夜に入って気温が下がり、天から雪でも落ちそうなほど冷え込んでいた。

着流しの裾を蹴り出すように幹次郎は黙々と歩いた。

浅草寺の随身門から御蔵前通りに延びる道と交差する辻に差しかかった。すると吉原会所と書かれた提灯を持った若い衆が御蔵前通りに現われた。

「夜廻り、ご苦労に存ずる」

と幹次郎が声をかけると、

「神守様も遅うございますな」

と昨日まで旅を共にしていた小頭の長吉の声が応じた。

「長吉どのであったか。山口巴屋に立ち寄り、伊勢半のご隠居の座敷に呼ばれて酒を馳走になった」

「伊勢半の隠居と薄墨太夫が相手では気苦労にございましたな。なんともお気の毒なことでございます」

と労った長吉が、

「神守様と相模へ旅をしたのが、なぜか遠い昔のような気が致しますな」

と幹次郎と同じ感想を漏らした。

長吉も久しぶりに仮宅廻りをして、そのような感慨を持ったか。

幹次郎と長吉は肩を並べて今戸橋に向かい、若い衆三人がその後ろに従った。

「仮宅に異変はございませぬか」

「七代目の指図でわっしはこの界隈の夜廻りを致しましたが、どちらも平穏無事にございますよ」

「それはなにより」

「あっ、そうそう。相模屋のおさんさんを夕刻ちらりと見かけて話しましたがね、姉様のおこうさんは未だ妹のことを思い出さないそうで、これからのことを考えたか、泣いておりましたぜ」

「もうしばらく時がかかるかのう」

「一旦壊された心の傷を癒《いや》すのは割れた茶碗をくっつけるようにはいきますめえ」

長吉は悲観的な見方のようだった。

「たしかに心の傷は外目《そとめ》には見えぬでな、癒されているようで癒されてなく、治ってないようでその実少しずつだが、余計な薄紙が剝《は》がれていくようなこともあろう。今は気長に待つしかあるまい」

「早蔵さんにも、昼過ぎに会所で会いましたよ」

「気落ちしておられぬか」

「周左衛門夫婦の眠る寺に相模行きの首尾《しゅび》を報告してきたとか。さっぱりと憑《つ》きものが落ちたような顔はしていましたがね、歳は争えない。急に歳を食ったようでね、体がひと回り小さく見えました」

「気持ちは分からぬわけではない」

「七代目が早蔵さんに当分牡丹屋に日参して会所の書役《かきやく》を務めないかと持ち出さ

れたのですがね、私の歳で会所の書役が務まりましょうかと尻ごみしておりましたぜ」

「早蔵さんには気が紛《まぎ》れる仕事こそ妙薬《みようやく》にござろう。七代目の提案はうってつけと思うが、直ぐには受け切れぬか」

相模屋の一家主従が負った傷跡は他人から見る以上に大きなものだった。

「なにか鬱々《うつうつ》としたものが体に取り憑いているときは、無心に体を動かすことでございましょう。するってえといつの間にかそいつが振り払われる。と思うて、わっしもあちらこちらと歩き回りました」

と長吉が笑った。

「それがしも小頭と同じことを考えてな、下谷山崎町の津島道場を訪ねた。そしたら、なんと対抗試合の最中でな」

と幹次郎は津島道場で思いがけなくも対抗試合に引っ張り出された経緯を語った。

「お陰様で相模行から気持ちを切り替えることができた」

「それはようございました」

長吉も幹次郎も江戸に戻って最初の長い一日が終わろうとしていた。早々に体を動かしたせいで吉原勤めの感覚をふたりして取り戻していた。

「なんの因果《いんが》か、神守様もわっしも御用が好きときた。一日くらい骨休めができたらね、と自分の貧乏性を笑いながら夜廻りをしてきました」

「互いに元気だということであろう」

「それともまだ道中の高ぶった気持ちを引きずっているのか」

「なんとも申せぬな」

今戸橋の前に出たふたりは、日本堤へと曲がった。すると今戸橋の船宿に続々と猪牙舟《ちょきぶね》が横づけされて客が馴染の船宿に一旦入る光景が見られた。その後、船宿の男衆が従い、仮宅へと送り込まれていくのだ。

四つの刻限だ。

お店の始末を終えた番頭や手代など奉公人が駆けつける時間帯で、今戸橋付近も賑やかだった。あと一刻もすると、この賑やかさは嘘のように失《う》せてしまう。かように仮宅商いといえども、客の中には馴染の引手茶屋や船宿を通して見世に向かう仕来たりを守る上客もいたのだ。

「おや、どうしましたかね」

牡丹屋の船着場とは対岸に灯りがちらちらして人影が動いていた。

「なんぞ出来致したか」

幹次郎らは今戸橋を渡り、慶養寺《けいようじ》の塀に沿って山谷堀の上流へと進み、灯りがちらついていた土手下に下りた。すると仙右衛門らが猪牙舟を覗き込んでいた。

「番方、なんぞございましたので」

長吉が声をかけた。すると振り向いた仙右衛門の険しい目がきぃっと見て、

「小頭か、神守様とご一緒だったか」

「いえ、顕松院の辻でばったりと会ったんでさ。神守様は、伊勢半のご隠居の座敷に引き留められたそうなんで」

「そいつは気遣いにございましたな」

と仙右衛門が幹次郎を見た。

「番方、異変が出来したようだな」

「まあ、ご覧なせえ」

船着場に横づけされた猪牙舟を覗き込んでいた若い衆がその場から離れると、「新町《しんちょう》の老先生」と呼ばれる金瘡医《きんそうい》の園田松伯《そのだしょうはく》が体を屈め、慈姑頭《くわいあたま》を傾けて猪牙舟に寝かされた亡骸を検視していた。

「番方、私が診《み》るまでもない。喉を突き刎《は》ねられたひと太刀で一気に出血してほ

ぼ即死と思える」

「へえ」

「襲われたのは半刻前か、まだ体に温もりがあるでな」

「傷は刀傷にございますな」

「それはそちらの裏同心どのに尋ねよ」

と猪牙舟から船着場に降りた園田医師は山谷堀の水で手を洗った。

「もはや医師の手は離れた、あとは坊主の持ち分じゃぞ」

と言い残した園田が自分の務めは終わったとばかりに若い衆に案内されてさっさと河岸道に上がり、姿を消した。

「四半刻《しはんとき》（三十分）前のことでさ、山谷堀の上流から船頭が乗ってねえ猪牙が流れてきたってんで、柳橋《やなぎはし》から客を送ってきた船頭が猪牙を見つけて引き寄せると、お武家がひとり倒れていなさった。それが騒ぎの始まりでさ」

幹次郎は若い衆の差し出す提灯の灯りで辻斬りにでも遭った様子の武家の風体を確かめた。

紋服に黒塗り大小拵えの差し料で年齢は四十前後か、どこかの大名家の奉公人と推量された。身分は下士でもなく、かといって乗物を使う身分でもない。腰の印籠《いんろう》、煙草入れから見て二、三百石前後の家格《かかく》と思えた。

「山谷堀の上流から猪牙で吉原に来るわけもございませんや。吉原とは関わりがないのか」

山谷堀とは下谷から流れ出る根岸川《ねぎしがわ》の下流域を呼び、慶長《けいちょう》年間（一五九六〜一六一五）、江戸城修築に際して、砂礫《されき》を採取して河幅を広げて、船が入れるようにした堀だ。

山谷堀の総延長はわずか五丁（約五百五十メートル）余り、新鳥越橋までの河幅はおよそ十二間（約二十二メートル）あった。だが、吉原通いの猪牙舟は、見返り柳のある五十間道までは入らず新鳥越橋止まり、というのも、その上流で急に狭くなったからだ。ゆえに吉原通いの猪牙舟は上流から客を乗せて下ってくることはない。

幹次郎は小ぶりの猪牙舟に乗り込み、傷を調べた。

迷いのないひと突きで首筋の動脈を深々と突いたあと、刎ね上げる余裕をも見せていた。

凶行がなされたのはこの舟中ではなかった。どこか別の場所で襲われ、猪牙舟に乗せて流されたのではないか、と船底の血溜まりが少ないのを見た幹次郎は推測した。

「手練《てだ》れです」

「まずこのお武家の身許を調べることだ。会所に運んで持ち物を詳《くわ》しく調べるぜ」

と番方が若い衆に命じた。

幹次郎は猪牙舟から降りた。

すると代わって待機《たいき》していた若い衆が猪牙舟に乗り込み、対岸の牡丹屋の船着場に移動させる手筈《てはず》を整えた。

その指揮には長吉が当たった。

仙右衛門と幹次郎は河岸道へと上がった。

「番方、あの猪牙舟はかなりの年季が入っておる。吉原通いの客を乗せる代物《しろもの》ではあるまい」

「いかにもさようで。山谷堀の上流の金杉村《かなすぎむら》の百姓衆の中には今戸橋の船宿から古舟を譲り受けて荷舟として使う者もおります。おそらくはそのような一艘かと思います」

「それにあの武家が襲われたのは舟中ではない。ひと突きで刎ね斬られたあと、舟に乗せて今戸橋へと流したのであろう。この界隈でだれかが見つけることを想定してのことと思える」

「吉原になにか警告を発したのか」

ふたりはしばらく黙して今戸橋へと歩いた。すでに亡骸を乗せた小舟は、牡丹屋の船着場に接岸して、亡骸を会所に運び込む作業が始まっていた。

「神守様、昨夜の海坂玄斎の仕業とは考えられませぬか」

「それがしも最前からそのことを考えておった」

「一興堂風庵一味を神守様が根絶《ねだ》やしにしたかと思うたら、新手《あらて》が現われやがったか」

「新手と決めつけてよいものか」

「一興堂風庵の反撃と申されるので」

「判断を下すすべてに決め手を欠いておる」

「いかにもさようで」

今戸橋に差しかかり、渡った。

橋向こうから按摩《あんま》が杖を頼りにひょろひょろと歩いてきた。人の気配を感じてか、

ひゅっ

と夜空に向かって笛を吹き、

「按摩上下《かみしも》じゅうはちもん！」

と寒風に抗して甲高い声で叫んだ。それはなにか危険を察して叫び声を上げたような気配であった。

「重一《しげのいち》さんよ、会所の仙右衛門だ」

「おや、番方だったかえ」

と重一が言い、

「連れがおられるようだが」

「いかにも、神守の旦那と一緒だ」

「血の臭いが漂ってきたと思うたが間違いでしたかな」

と呟いた重一が爪先立ちに下駄を立てて歩き出した。するとその背にちらちらと春の雪が降ってきた。

幹次郎の脳裏に閃《ひらめ》いた。

春寒に　あんまかみしも　十八文

（五七五にもなってないな）

と、幹次郎は胸の中で自嘲《じちょう》した。

「重一め、神守様のことを血が臭うだなんて抜かしやがった」

「番方、重一どのの勘は鋭いな」

仙右衛門が足を止めて、

「他になんぞございましたので」

「下谷山崎町の道場に立ち寄ったあと、寺町を広小路に向かう道中、安行寺傍《そば》の橋で七人の浪人者に前後を囲まれて、神守幹次郎と念を押されたのち、命を絶つと宣告されて斬りかかられたのだ」

「斬り伏せられましたので」

「主だった三人を斬り伏せ、残った仲間に医師のもとに連れていけば助かると言い残し広小路に差しかかったところで、山口巴屋から戻る甚吉に会ったのでござる。血の臭いは身につけておらぬと思うていたが、重一どのの勘に咎められた」

「そちらも名指しとなると、やはりこちらの一件も会所への警告と考えたほうがようございますぜ」

ふたりは足を速めて牡丹屋に向かった。

牡丹屋の土間に寝かされた武家の顔が最前より白っぽく変じていた。

「七代目、なんぞ身許が知れるものを持参しておられましたかえ」

番方が上がり框の上にどっかと胡坐《あぐら》を搔いた四郎兵衛に訊いた。

「懐中に財布が残っておりました。その中に書付があってな、伊勢亀山藩石川家《いせかめやまはんいしかわけ》下屋敷用人の新橋五郎蔵《しんばしごろぞう》様と記してあった。今、若い衆を石川様の下屋敷に走らせたところです」

下《しも》

その他、印籠、煙草入れ、手拭いが持ち物のすべてだった。

伊勢亀山藩六万石の下屋敷は、三ノ輪村《みのわむら》にあって、山谷堀の上流根岸川の傍らにあった。

「番方、新橋様と思われる御仁がどこぞの妓楼の馴染客かどうか、今のところ分かってはおらぬ。また、偶《たま》さか辻斬りに遭われたのかどうかもな」

「七代目、神守様と話し合ったのでございますよ」

と前置きして仙右衛門はふたりが交わした会話と、安行寺近くの辻で幹次郎が襲われた一件を語った。

「仮宅の吉原に次から次へと難題が降りかかってきおるな」

「それと昨夜の海坂玄斎のことを考え合わせますれば、なにやら闇で蠢《うごめ》く大きな力を感じます」

「そんな折り、神守様が会所に復帰なされたのは、私どもにとって大きな力でございますな」

と四郎兵衛が言い、

「番方、伊勢亀山藩の方々が見えられる前に新橋様の亡骸を清めて、仏間《ぶつま》に通そうか」

と命じた。

その作業が小頭の長吉の指揮で行われた。

四郎兵衛が幹次郎と仙右衛門を奥へと呼んだ。

長い一日は未だ終わる気配はなかった。

第三章　千切れた裾

一

伊勢亀山藩下屋敷から家臣ふたりが駆けつけてきたのは、すでに夜半九つ（午前零時）の刻限を回った頃合であった。

その刻限、面番所隠密廻り同心村崎季光《むらさきとしみつ》の調べが済み、

「四郎兵衛、この武家が吉原仮宅に参る途次であったかどうかはっきりせぬうちは、われらも迂闊《うかつ》に手が出せぬぞ」

と釘を刺して牡丹屋から姿を消した直後だった。

隠密廻りとしてはできれば、仮宅商いの最中、武家方の死に関わりたくなかったのだ。

若い衆に案内されて仏間に通り、亡骸の枕元に座ったのは、初老の石塚八兵衛《いしづかはちべえ》と若侍隈田忠吾《くまだちゅうご》だった。

四郎兵衛が顔にかけられた白布を静かに払うと隈田が、

「新橋様」

と呟き、悄然《しょうぜん》として肩を落とした。石塚のほうは茫然と新橋の顔を見つめていたが、なにか口中で呟き、合掌した。

長い合掌だった。

その間、隈田のほうは袴の膝をぎゅっと摑んで身を震わしていた。

石塚がようやく合掌の手を解き、瞑目《めいもく》していた両目をかあっと開くと、

「用人どのの亡骸を乗せた小舟が山谷堀を流れてきたと聞いたが、真のことでござろうか」

「いかにもさようでございます」

「何者の仕業か」

「それは未だ判明しておりませぬ。また、どこで新橋様がかような目に遭いなされたのかも摑めておりませぬ。われらと致しましては、まず新橋様の身許を確かめることが先決にございましたのでな」

石塚が頷いた。

「新橋様が下屋敷を出られたのはいつのことかお分かりでございますか」

「五つ半（午後九時）前後と思う」

石塚の言葉に若い隈田も頷いた。

「そのような刻限、どちらに参られたのでございましょう」

四郎兵衛の問いに初めて石塚の言葉が止まった。四郎兵衛の目が隈田に向けられた。

「石塚様、もはや正直に話されるほうが宜しいかと存じます」

隈田の言葉に石塚が複雑な表情を見せ、石塚の視線が青白い新橋の顔に許しを乞うように向けられると、

「吉原伏見町《ふしみちょう》にある妓楼、宮子楼《みやこ》を訪ねられたのだ」

「やはり吉原に参られるところにございましたか」

いかにも、と返答した石塚に四郎兵衛が、

「宮子楼には馴染の遊女がおりましたので」

と問うとこっくりと頷いた。

宮子楼は伏見町の外れ、明石稲荷《あかしいなり》に近いところにある小見世《こみせ》（総半籬《そうはんまがき》）だっ

た。むろん昨年の吉原炎上で焼失して楼は存在しない。今はひっそりと浅草山川町に仮宅を構え、営業していた。

幹次郎は、地味な造りの宮子楼でも三人の遊女が焼け死んだなと思い出しながら話を聞いた。

「仮宅に向かわれる道中に奇禍《きか》に遭いなされましたか」

四郎兵衛が念を押すように訊いた。

「なんと腹立たしいことよ」

と石塚が吐き捨てた。

「馴染の遊女の名をご存じでございますか」

「承知しておる。じゃが、もはやこの世の者ではない」

「故人でございますので」

と思わぬ返答に四郎兵衛が応じ、

「まさか、昨冬十一月九日の吉原炎上で亡くなった遊女のひとりと申されるのではございますまいな」

「そのひとりじゃ」

「それを承知で新橋様は仮宅を訪ねられたのでございますか」

哀しげに顔を曇らせた石塚が話し出した。

「桜古《さくらこ》は、わが下屋敷の女中を二年前まで務めておった者でな、丸顔で、体もふくよかなせいか愛らしく下屋敷の奉公人のだれもに可愛がられておった。ことに新橋様と気が合《お》うて、父娘《おやこ》のような話を交わす仲であった」

話は四郎兵衛や幹次郎が想像もしない展開を見せようとしていた。

「そのお女中が吉原に身を落とされたには曰くがございますので」

「桜古は三河島村《みかわしまむら》の出で、わが屋敷には行儀見習いに参っておったがな、四年目の春に父親と母親が相次いで病に倒れたのだ。その薬料《やくりよう》安からず、小作人の桜古の家では払い切れず困っておった。そのことを察した桜古が独り密かに決断して自ら吉原に身を投じることを決めてきたのだ。吉原に身売りしたとき、十八歳であったわ」

「そのことをお屋敷の方々は承知なのでございますね」

「桜古が自ら告白して屋敷を出たでな、全員が承知しておった。われら、引き留めたが桜古の決断は固く、またわれらに桜古を屋敷に繋ぎ止める金子など用意できるわけがなかった。ゆえにみすみす桜古の決断を見ているしか手はなかったのだ。われらはわれらの無力を恥じた、じゃが、いかんともし難《がた》い話でな。ことに父娘のように思うておられた新橋様の哀しみは深かったと思う」

石塚は話を止めた。すると隈田がそれに代わった。

「桜古には許婚《いいなずけ》ではないが将来を誓った光次郎《こうじろう》という者がいたそうです。桜古は光次郎にも別れを告げて吉原に身を落としたのです」

と隈田が言うと、

ふうっ

と息を吐き、言葉を継いだ。

「今からおよそ一年余前であったと思う。桜古から新橋様に宛てた文が届きました。吉原で元気に過ごしておるというような内容と聞いております。それで新橋様がわれらを代表して様子を見に行かれたのでございます」

「戻って参られた新橋様を囲んでわれら下屋敷の面々が桜古の近況を聞き、喜んだり悲しんだり致したことを覚えておる。それほどわれらは桜古を可愛がっていたということでな」

「それから一年後に吉原が炎上し、桜古が焼け死んだという話が屋敷に伝わったとき、われら下屋敷奉公人一同、吉原の焼け跡に駆けつけ、桜古の名を呼び続けました。女衆の中には泣き崩れる者もおりました。そして、吉原の焼け土を拾うて屋敷に戻り、庭にある御堂《みどう》に集まり、桜古の法会《ほうえ》を催しました」

「昨夜のことだ。新橋様は桜古の月命日も近いで、宮子楼の仏壇に焼香《しょうこう》をしに参ると屋敷を出られたのでござる」

「なんという話にございましょう。そのような新橋様のお気持ちを踏《ふ》み躙《にじ》って辻斬り同然に殺した者がおる。許せぬ」

と四郎兵衛が吐き捨てた。

石塚と隈田がふたたび合掌した。

「新橋様の亡骸、屋敷に移してよいか」

と石塚が訊いた。

「面番所お役人の調べは済んでおります。石塚様、懐中物を確かめてくださいませぬか」

身許を知るために持ち物を調べたあと、亡骸は仏間に移されていた。

枕元に置いた財布、煙草入れ、印籠、手拭いを四郎兵衛は石塚の膝の前に押しやった。

「すべて新橋様の持ち物に間違いない」

「無くなったものはございませぬか」

隈田が身を乗り出して枕元の品々に目を落としていたが、亡骸の手首を確かめた。

「たしか新橋様は手首に数珠《じゅず》を下げておられたはず」

「格別な数珠にございますか」

「いや、先祖からの伝わりものらしいが格別曰くがあるとは聞いておらぬ」

と石橋が答え、四郎兵衛が、

「財布には二両三分ばかり入っておりました」

「用人どのがいくら懐中にして屋敷を出られたかは知らぬが、まあ、用人どのの懐具合としてはその辺りかのう。そやつ、新橋様の懐を狙った者ではなかろうと思う」

「お屋敷にお連れ帰りになるのであれば、会所の者に運ばせます」

「頼もう」

四郎兵衛と石塚の間で話が決まり、長吉が頭分になって戸板が用意され、布団ごと戸板に載せ換えられた。

幹次郎は新橋の亡骸に付き添って帰る隈田に訊いた。

「新橋様は剣術の腕前はいかがでございましたか」

「若いころは一刀流の遣い手として家中に知られておりました。下屋敷用人に就かれてからはもっぱら朝の間に木刀の素振りで体力と技量を保つ努力をなされておられましたので、家中には、今も新橋五郎蔵様の一刀流、錆《さ》びてはおらぬ、との噂が流れておりました」

仙右衛門が隈田の話を聞いて表戸を出た。それを見た幹次郎も刀を摑むと従った。

仙右衛門は牡丹屋の戸口で幹次郎を待っていた。

雪が相変わらずちらちらと舞って寒さが一層厳しくなっていた。

ふたりは黙したまま御蔵前通りに出ると、待乳山聖天の南側を通って山川町に向かった。

「宮子楼の仮宅は山川町にござったか」

「吉原でも宮子楼は地味な見世の筆頭にございましょう。それだけに手堅い商いで、ことに武家筋には人気のある楼でございますよ」

と答えた仙右衛門が、

「焼け死んだ女郎の法会に仮宅を訪ねる客がいるなんて、わっしも吉原に生まれ育った者ですが、こんな話は初めてでございます」

幹次郎は黙って頷いた。

「桜古って女郎の顔を最前から思い浮かべようとしているのだが、なんとも腹立たしいことに思い出せないのでございますよ」

ふたりは九つ半（午前一時）を過ぎた浅草寺寺領を抜けて山川町の裏手にひっそりとある宮子楼仮宅の前に立った。むろん表戸はすでに閉じられていたが、戸の間から灯りが零《こぼ》れていた。

仙右衛門がこつこつと通用戸を叩いた。なんの反応もない。ふたたび叩いた。すると戸の向こうに人の気配がして、

「どなたでございますか」

と誰何の声がした。

「わっしだ、会所の仙右衛門だ」

「番方かえ、なんで今ごろ」

と言いながらも臆病窓《おくびょうまど》が開かれ、仙右衛門の顔が確かめられた。

「嫌な話だろうね、こんな刻限に訪ねてくるんだ」

と言いながら、通用戸が開かれ、ふたりは寒さを身に纏《まと》って中に入った。

三和土《たたき》の向こう、板の間の火鉢に炭が赤々と熾《おこ》され、鉄瓶がちんちんと鳴って

いた。

番頭の秀蔵《ひでぞう》は、茶碗酒を呑みながら帳簿をつけていたらしい。灯りが点っているところを見ると内証も起きている様子だ。

「だれだえ、番頭さん」

と言いながら宮子楼の主、華兵衛《かへえ》がどてらの裾を引きずって姿を見せた。

「旦那、夜分に相すまねえ」

「番方かえ、お侍も一緒とは尋常じゃないね。まずは火鉢の傍にお座りなせえ」

「有難《ありがて》え。外は雪が舞っておりましてね、今戸橋からこちらに来る間に冷え切っちまった」

ふたりが板の間に上がると、秀蔵がふたりに座布団を勧めた。落ち着いたところで、

「番方、まさかうちの客になにか」

と華兵衛が二階に目をやった。

仙右衛門が顔を横に振り、

「旦那、番頭さん、伊勢亀山藩の新橋五郎蔵様と申される用人さんを承知だね」

「よう知ってますよ。うちの抱えだった桜古の知り合いだ」

と答えた華兵衛が、

「番方、桜古は先の火事で亡くなったよ」

と説明した。

桜古は本名で楼に出ていたようだと、幹次郎は思った。

「旦那、承知だ」

「ということは、まさか新橋様になにか異変が」

「そういうことだ」

と前置きした仙右衛門が訪《おとな》いの理由を述べた。

宮子楼の主と番頭がぽかんとした顔で仙右衛門の話を聞いていたが、

「なんてことか」

「旦那、むごうございます」

と口々に言った。

華兵衛はなにかを思い起こすように黙り込んだ。

秀蔵は茶碗に残っていた酒を無意識のうちに呑み干した。そして、

「番方、新橋様を殺した者がうちと関わりがあるというのかえ。それを訊きに来られたのかえ」

「番頭さん、そうじゃねえ。新橋様は見ず知らずの辻斬りに不意打ちされたのだと思う。ひょっとしたら、吉原に恨《うら》みを抱く輩《やから》かとも考えられる。ともかくなにもわっしらは分かっちゃいないんだ。それでこちらを訪ねたってわけだ」

「話は分かった」

と秀蔵が応じた。

「桜古が大名家のお女中だったということは、妓楼でも客の間でも知られていたことなのかい」

「当人が本名で構いませぬと源氏名《げんじな》を拒《こば》んだくらいだ。むろん当人は伊勢亀山藩に奉公していたなんて広言はしませんでしたよ。だけど、行儀見習いに武家屋敷に出ていたことは、なんとなく客の間にも知れ渡ってましたな」

「旦那、どうしても桜古さんの顔が思い出せないんだ」

「路地に咲く夕顔《ゆうがお》といったらいいかね、丸顔ながら気性のせいか、楚々《そそ》とした遊女でね、仲之町をぱあっと輝かせるような太夫とは違ったよ。だけど、うちの馴染客の間では人気があった遊女だった。番方、桜古をはじめ、三人の女を亡くしてさ、未だうちでは立ち直れないでおりますよ」

と華兵衛が去年の火事のことを嘆いた。

「それにしても、新橋様は義理がたいね、うちにまでお線香を上げに来られるんだから」

「前にも来られましたかい」

「去年の大晦日《おおみそか》前、四十九日だと申されて仏壇にお線香を手向《たむ》けていかれましたよ。奇特《きとく》なお方だ。そんな人を」

華兵衛の嘆きは結局そこへ戻った。

「桜古の客の中に新橋様に嫉妬《しっと》を燃やしたり、恨みを抱く馴染はいまいね」

「番方、それはない」

と秀蔵が言い切った。

「どうして言い切れるんだ」

「どうしてって、新橋様と桜古の間には体の関わりはないんだよ。新橋様は座敷に桜古を侍《はべ》らせて、ときに客のつかなかった朋輩女郎を呼んで、仕出しを取って飲み食いさせ四方山話《よもやまばなし》をして、刻限が来ればあっさりと引き上げられた。まるで父親と娘のような間柄《あいだがら》でね、その話は馴染の間にも知られていたことだ」

「ふたりが情を交わしたことはないと言い切れるかい」

「桜古がはっきりと。それでいて、揚げ代はちゃんと払っていかれましたよ」

と華兵衛も口を揃えた。
「まず新橋様が殺されたのはうちの線ではありませんよ」
秀蔵が顔を振りながら言い切った。

伊勢亀山藩石川家の下屋敷は、千住大橋《せんじゅおおはし》に向かう街道の西側にあった。その屋敷の西側からさらに十丁（約一・一キロメートル）ばかり田圃《たんぼ》の間の道を西に向かったところに、三河島村がある。法界寺《ほうかいじ》と浄正寺《じょうしょうじ》が境内を並べ、その東側の雑木林の中に桜古の家はあった。

仙右衛門と幹次郎は、宮子楼を訪ねたあと、さらに三河島村まで足を延ばした。だが、到着したのは夜明け前、日の出までには一刻ほどあった。

ふたりは浄正寺の小さな山門下で雪が舞うのを見ながら時を過ごし、寺で勤行《ごんぎょう》が始まったのを聞いて庫裏《くり》に行き、寺男《てらおとこ》に桜古の家を確かめて訪ねた。

格別になにがあったわけではない。

光次郎がどうしておるか、確かめに来たのだ。

だが、光次郎は桜古が吉原に身を落とした半年後に戸田川《とだがわ》に網を打ちに行って誤って流れに落ちて深みに嵌《はま》り、網が体の動きを奪ったこともあって水死した、という話を得た。

ふたりはなんの収穫もないまま三河島村から伊勢亀山藩石川家の下屋敷前まで戻ってきた。

表門は閉じられてひっそりとしていた。

幹次郎と仙右衛門は、石川家の下屋敷門前から日本堤に出るために下谷通新町《とおりしんまち》に出た。街道を左に曲がれば、千住宿さらには千住大橋、右に曲がれば、下谷車坂町《くるまざかまち》から寛永寺《かんえいじ》山下に出る。

この界隈まで来ると雪は止んでいた。

路傍《ろぼう》にうっすらとした積雪が見えるくらいで、徹夜したふたりの眠気を寒さが吹き飛ばしていた。

街道を過る小川に沿って三ノ輪の浄閑寺《じょうかんじ》門前に出た。この寺は遊女の投込寺《なげこみでら》のひとつだ。

根岸川が山谷堀と名を変えるところに浄閑寺はあったが、その門前にもまだら模様に雪が積もっていた。

山谷堀から靄《もや》が立ち上っていた。

幹次郎の目が雪に散る水晶玉を認めた。

「番方、数珠玉ではないか」

仙右衛門が幹次郎の視線の先を辿《たど》って、

「野郎、浄閑寺の門前で人殺しをやりやがったか」

と吐き捨てた。

二

牡丹屋の座敷に紐が千切《ちぎ》れた数珠とばらばらになった水晶の数珠玉が置かれてあった。

幹次郎と仙右衛門が浄閑寺の門前で拾い集めた、数珠と水晶玉だった。まず状況から考え、新橋のものと推定された。

「投込寺の門前が新橋様の襲われなさった場所だったか」

四郎兵衛が呻《うめ》くように言った。

「七代目、浄閑寺の下の山谷堀には百姓舟が何艘も舫《もや》ってございます。野郎は新橋様を襲うたのち、まだ血が滴《したた》る亡骸を小舟に運び込んで下流へと押し流したのでございましょう」

「許せることではありませんよ、番方」

「へえ、そやつが神守様の出遭った海坂玄斎か、あるいは別の刺客か分かりませぬが、なんとしても会所の手でお縄にしとうございます」

「番方、新橋様を襲うた者を海坂玄斎か、その一派と決めつけてよいものであろうか」

幹次郎の迷う言葉に仙右衛門が視線を幹次郎に向けた。

「相手はだれでもよい、新刀の試しを行った辻斬りなどの線も見逃せぬと申されるので」

「いや、吉原か吉原会所に恨みを抱く者か、その背後に控える者の仕業ということには間違いございますまい。それがしがいささか疑問に思うたのは、新橋五郎蔵様が一刀流の遣い手であったという事実にござる。それがしが会った海坂は、遠くからでも殺気を放ち、血の臭いをその身から漂わせておるような人物にござった。新橋様ならさような人物が間近に接近することを許すはずもないと思うたのでござる」

仙右衛門が唸った。

「新手と申されますので」

「新橋様は情に深いお方にござったそうな。昔、屋敷に奉公した桜古を吉原に見《み》舞《も》うて話し相手になってきたことでも分かります」

「へえ、それは」

「番方、新橋様は刀の柄《つか》にさえ手をかけた様子はございませんでしたな。なぜ、刺客の接近を許したか。もしそれが女か、女の形《なり》をしていたのなら、と勝手な推測を巡らしたのでございます」

「女の刺客ですか」

と四郎兵衛が呻き、

「いえ、確証のある話ではございません、七代目。ただ、海坂玄斎の仕業と決めつけるのはまだ早いかと思うただけです」

「いや、神守様、大事なご指摘かもしれぬ」

「七代目、わっしも先走りしたようだ。たしかに新橋様がなんの異変にも気づかれなかったのは訝しゅうございますな」

「今はあまり決めつけずに探索することだ、番方」

四郎兵衛の指図に仙右衛門が畏《かしこ》まった。

「神守様、牡丹屋の朝湯に浸かって長屋に戻り、ひと眠りなされ。相州から帰ったばかり、長い長い一日にございましたな」

と四郎兵衛が幹次郎を労い、幹次郎が黙って頭を下げた。

幹次郎が長屋で眠りから覚めたのは七つ（午後四時）に近い刻限だった。台所で立ち働く汀女の背が幹次郎の視界に留まった。

「おや、姉様、並木町には参らなかったか」

「参りましたところ、玉藻様から一刻半（三時間）もせぬうちに追い返されました。四郎兵衛様からあまり私を働かせるではないと命じられたとか」

と汀女が笑った。

「いやはや、江戸に戻るとあれこれと難儀《なんぎ》が生じておる。四郎兵衛様にも玉藻様にも気を遣わせるな」

「伊勢亀山藩の新橋様と申されるお方が殺され、猪牙舟に乗せられて山谷堀を流れてきたそうな」

「いかにもさようじゃ」

朝、幹次郎は長屋に戻ると、汀女が敷いてくれた布団に横になるやいなや眠りに落ちて夢すら見ることがなかった。汀女は玉藻から聞いたのだろう。幹次郎はそのことを話す暇もなかったからだ。

「新橋様のようなお武家様もおられるのですね」

「姉様は、桜古と申す遊女を承知であったか」

「いえ、玉藻様に訊かれましたが私には覚えがございませぬ。新橋様も奇特なお方でございますが、桜古様も周りの人をそのように仕向けられる、愛らしい女《によ》性《しよう》であったのでございましょうな」

幹次郎は頷いた。

「親のために苦界《くがい》に身を落とした桜古様があの火事でお亡くなりになったのは不幸の極みでございます。ですが、かつての上役がいまも妓楼の仏壇に線香を手向けに行かれる、吉原も捨てたものではございません」

「それだけに新橋どのを斬った者の所業が許せぬ」

と改めて思った幹次郎は寝床から出ると、長屋の厠《かわや》に行った。

穏やかな日差しが左兵衛長屋の庭に散っていた。

幹次郎は厠で用を足すと、井戸端に立ち寄り、洗顔した。

「幹どの、手拭いを」

と汀女が手拭いを持たずに顔を洗う年下の亭主に持参して渡した。

「おや、旦那、御用旅から戻ってきたんだね」

長屋の住人のひとり、台屋《だいや》と呼ばれる仕出し屋に勤めていた正吉《まさきち》が声をかけてきた。正吉は仮宅商いになって職を失い、ただ今は千住宿の飯屋に働きに出ていた。

「正吉どのは、今日は休みか」

「いや、休んでまんまが食えるような奉公先と違わあ。朝一番でひと働きしてよ、いったん長屋に戻り、またこれから出るのよ」

と応じた正吉が、

「旦那、浄閑寺門前で殺しがあったってね、会所の若い衆に聞いたぜ」

「伊勢亀山藩のご家中の方が亡くなられたのだ」

「聞いた、聞いた。亡骸を猪牙に乗せて山谷堀に流すなんてどういう魂胆だ」

「そこが判然とせぬので、会所の若い衆が走り回っておるのだ」

「吉原さえ燃え落ちなければ桜古さんも死なずに済んでよ、そのお侍も殺される目に遭わなかったよ。早く仮宅から吉原に戻れねえものかね。もっとも吉原が再建されても桜古さんは戻ってこねえがね」

「正吉どの、そなた桜古さんを承知であったか」

「宮子楼は地味な楼だがよ、うちを贔屓にしてくれてよく届けに行ったから桜古さんも知っていたぜ」

「親御《おやご》の薬代のために大名家の女中勤めを辞めて吉原に身売りした女じゃそうな」

「武家奉公で行儀見習いをしたおかげで礼儀を心得た遊女だったねえ、客筋は悪くねえ。それにわっしら台屋の者にまで気配りができる人だったよ」

「宮子楼は武家の客が多い見世じゃそうな」

「吉原でも昼見世が賑わう、一風変わった楼だね」

直参旗本《じきさんはたもと》や大名家に奉公する武家方は、無断で外泊することを禁じられていた。また、幕府開闢《かいびゃく》から百八十年余が過ぎ、平穏な幕藩体制下、日中は暇を持て余す武家が大勢いた。ために、

「武家は昼遊び」

が吉原の習わしであった。

「あっ、そうそう、桜古さんはよ、男ばかりか女の心も擽《くすぐ》るところがあったのか、女男《めおとこ》に惚れられて困ったことがあったそうだぜ」

「ほう、女男が吉原に遊びに参ったか」

「大門を潜る男衆に紛れて潜り込んできたのかね、なんでも若衆侍《わかしゅうざむらい》と思ったら女だったって話だぜ」

「若衆侍の形で宮子楼の桜古さんのもとに上がったのであろうか」

「まさか番頭も遣手《やりて》も女とは思わなかったんだろうよ。一晩、桜古さんの座敷に泊まったらしいがね、桜古さんにもうここには上がってはなりませぬと釘を刺されて楼を出された。そのあと、何度かその女男、桜古さんを訪ねてきたらしいが、番頭の秀蔵さんが厳しく断わったらしいや」

「その若衆侍に扮《ふん》した女の身許、分からぬか」

「なんでも肥前長崎《ひぜんながさき》辺りの大名家の重臣のお姫様と聞いたがね」

「長崎は幕府の直轄領であろうが」

「となると違うのかね。その一件について、桜古さんが直に口にすることはなかったからね、おれも朋輩女郎のお喋《しゃべ》りで知っただけでよ、たしかかと訊かれれば、さあて、と首を傾げるしかねえや」

正吉は、そう幹次郎に言い残すと厠に向かった。

幹次郎は汀女と早い夕餉を食し、長屋を出た。

今日は羽織袴を身に着けて、一文字笠《いちもんじがさ》を被った勤番侍のような形だ。

幹次郎がまず向かったのは、浅草山川町の宮子楼の仮宅だ。

吉原ならばそろそろ清掻《すががき》の調べが仲之町に響く頃合だが、仮宅ではその風情《ふぜい》はない。また宮子楼は武家が客筋だけに張見世《はりみせ》もなく渋好みの構えであった。一見《いちげん》の客より馴染を相手にする商いなのであろう。

幹次郎が布暖簾を分けて表口に入ると番頭の秀蔵が、

「お帰りなさいまし」

と丁寧に迎えた。そして、一文字笠の下の顔を見て、

「なんだ、神守様でしたか、お客様と間違えましたよ」

と苦笑いした。

秀蔵は板の間の火鉢の傍に座り、煙草を吹かしていた。仕事前の一服という風情だ。

「番頭どのでも客を見間違うことがござるか」

「うちは飛び込みの客はあまりいないんでね、まずそのようなことはございません」

「こちらではお帰りなさいまし、と馴染客を迎えるようだな」

「お武家様が相手ですから、あまりけばけばしくならぬよう、まあ、妾宅《しょうたく》に戻ったような気持ちで迎えるのがうちの仕来たりなんでございますよ」

と答えた秀蔵が、

「うちの旦那が新橋様の屋敷に線香を手向けに行っております」

「今宵が通夜《つや》か」

「それは存じませんが、うちに参られる途中で襲われて亡くなられたわけでございましょ。桜古との因縁もございますよ。まあ、旦那が楼を代表してお悔やみに参られたので」

「番頭どの、桜古さんに若衆侍が惚れたという一件があったそうだな」

「よく承知ですね、だいぶ前の話だ。なんぞ新橋様の殺しと関わりがございますので」

「いや、ちと耳にしたで訊きに参ったのだ。会所ではまだ探索の目処《めど》が立たず、下手人《げしゅにん》をだれと絞り切れておらぬでな、気にかかることは一つひとつ虱《しらみ》潰しにしていくしかないのだ」

頷く秀蔵が、

「会所の仕事も大変ですな、火の傍に参られませぬか」

と幹次郎のために座布団を出した。

「暫時《ざんじ》邪魔を致す」

被りものを取り、袴の腰から一剣を外すと板の間に上がり、座布団に座した。

秀蔵は煙管《キセル》の雁首《がんくび》を煙草盆の灰吹きに打ちつけて灰を落とした。そして、煙管をふうふうと空《から》吹《ぶ》きした。すると火皿《ひざら》から脂《やに》くさい煙がぷわあっと吹き出た。

「御門玉蘭《ごもんぎょくらん》様を若衆侍と見間違えたのは私の誤りでしたよ。まさかお姫様とは思いもしませんでした」

「女男、御門玉蘭と申されるか」

「十万石格対州対馬藩《たいしゅうつしま》宗《そう》家の重臣御門様の息女《そくじょ》玉蘭姫にございますよ。御門家は宗家の朝鮮通信使来聘《ちょうせんつうしんしらいへい》御用掛という職掌《しょくしょう》に代々ございましてな、玉蘭姫は、十三、四歳まで対馬領にてお育ちになったとか」

対州対馬国一円を領した宗家は、その地理的な関係から徳川幕府に入って以来、朝鮮通信使入朝の取り持ち役を務めることになる、特異な大名家であった。

「番頭どのは玉蘭姫を若衆侍に見間違えたと申されたが、桜古さんを名指しで見えられたか」

「いかにも桜古を名指しで見えました。桜古にそのことを通しますと桜古も承知しましたで、座敷に上がってもらいました。まあ、うちは小見世ですからね、できた話です」

「桜古さんはいつ若衆侍が女と気づいたのであろうな」

「座敷に入ってこられたとき直ぐに分かったと、翌朝玉蘭姫が帰ったあとに告げましてね、もう座敷に上げてはなりませぬと言い添えられました。へえ、吉原が女を客に取るなんぞはありませんからね」

官許の吉原は、

「遊女が男客を接待」

することで成り立つ里であった。

「私は桜古に詫びて、なんで気づいたとき、教えてくれませんでしたと訊きましたよ。そしたら桜古が、一旦登楼を許したお客に恥を搔かせるわけにはいきません、と厳しい顔で答えましたっけ」

秀蔵は桜古を懐かしむ顔で言った。

「その後も、桜古さんのもとに御門玉蘭姫は訪ねてきたようですね」

「三度ほど訪ねてきましたが、私がやんわりと、吉原というところは男の極楽女の地獄が売りの里にございます、と断わりました」

「直ぐに得心されましたか」

秀蔵が顔を横に振った。

「なんとも恨めしそうなお顔で、話をするだけでよいと私に懇願なされましたが、いくらなんでも女と分かった以上、登楼させるわけにはいきませんよ。それでね、そのあとも何度か、うちの楼の前をうろうろとされておりますのを見かけました」

「桜古さんにそのことを話されましたかな」

いえ、と告げた秀蔵が、はた、という感じで言葉を詰まらせた。

「どうなされた」

「玉蘭姫が楼の前をうろつかれているそんな折り、新橋様が偶然にもお出《い》でになられましてね、一刻半ほど桜古の座敷でいつものようにご酒《しゅ》を召し上がりながら、話をしていかれたことがございました。そのことをただ今思い出しました」

「御門玉蘭姫と新橋五郎蔵様が出会《でお》うた可能性があると申されますので」

「女が女に恋《こ》い焦がれるのは男が女を恋する情より激しいものでございますでな。玉蘭姫が新橋様の登楼した先が桜古の座敷と知り得たことは考えられましょうな」

「その直後に吉原を火事が見舞い、桜古さんをはじめ、多くの遊女が犠牲になってしまったわけだ。そのことを知った御門玉蘭姫が吉原に駆けつけたということはあろうか」

幹次郎が話を先に進め、さあてね、と秀蔵が首を捻《ひね》った。

「あったかもしれませぬが、なにしろこっちは火事場から逃げ出し仮宅を設けるのに必死でございましてな、玉蘭姫が訪ねてきたかどうかまでは分かりかねますな」

「だが、新橋様は桜古さんの死を知って、お悔やみにお出でになった」

はい、と答えた秀蔵が、

「神守様、まさか御門玉蘭姫が新橋様を殺したなんて申されておられるのではございますまいな」

「最前も申したが、まだ新橋様殺しの探索の目処が立っておらぬゆえ、知り得たことはなにごとも調べておこうと思うただけでな」

幹次郎の返答に秀蔵が頷いた。

「新橋様はなかなかの剣の遣い手であったと聞いておる。女の玉蘭姫がそう容易く襲える相手ではなかろう」

「いかにもさようですよ」

安堵したような表情を秀蔵は見せた。そして、

「新橋様はうちに通ってこられましたが、桜古の父御《ててご》のように接して酒を呑まれ、話をしていかれただけです。女郎と客の関係はございませんでしたよ。御門玉蘭姫も若衆侍の形をしておられましたが、体は女だ。あの一夜、桜古とは、女同士のどろどろとした情交に発展した気遣いはございませんでした、それはたしかだ。となると、桜古が亡くなった今、このふたりの間に憎しみが生じたとも思えませんがな」

と秀蔵が幹次郎の承知の話を交えて繰り返した。

幹次郎が牡丹屋に立ち寄ったのは、暮れ六つ（午後六時）の時鐘《ときのかね》が鳴って半刻ばかり過ぎた頃合だ。

仮会所の座敷に四郎兵衛だけがいた。

「少しは休まれましたか」

「お陰様でぐっすりと眠り込み、姉様と夕餉を食することができました。四郎兵衛様、姉様にまで山口巴屋から暇をいただき申し訳ございませぬ」

「なんのことがございましょう。私どももつい神守様夫婦に甘えてしまいましてな、自戒《じかい》するところです」

と応じた四郎兵衛に、聞き込んだ御門玉蘭の話をした。すると四郎兵衛が袖口に両手を差し込んだ姿勢で聞いていたが、

「この話、とりとめもないようですが気になりますな」

「調べますか」

「相手が相手だ。宗対馬守様の体面にも関わること、神守様、そなたおひとりの判断で動いてみられませんか」

と四郎兵衛が命じた。

三

五つ過ぎ、幹次郎は馬喰町の一角に、

「一膳めし酒肴」

と幟《のぼり》を夜風に靡かせた虎次親方の煮売り酒場に顔を出した。

ひょっとしたら身代わりの左吉に会えるのではないかという、淡い期待を抱い

てのことだった。すると左吉が、少し痩せ、青白くなった顔でいつものように手に杯を握って、端然と酒を楽しんでいた。

「左吉どの、お久しゅうござる」

「おや、神守様、ただ今も親方や小僧の竹松と神守様の噂をしていたところでしてね、明日にも会所に顔を出そうと考えていたところですよ」

と左吉が笑みを浮かべた顔で幹次郎を迎えた。

「相模から戻ってこられたそうで」

「思いがけず長旅になりまして一昨日江戸に戻って参りました」

「神守様のお顔を見ると江戸に戻った早々に厄介に巻き込まれたと書いてある」

「左吉どのは八卦見《はっけみ》でござるか」

「神守様のお顔にだいぶ疲れが見受けられますでな」

と応じる左吉のところに竹松が熱燗《あつかん》と新しい杯を運んできた。

「竹松、ちょっと留守をした間にえらく気が利くようになりやがったな」

「えっへっへ」

と竹松が笑い、幹次郎に杯を握らすと、

「まあ、おひとつ、お師匠様」

と新しい酒を注いだ。

「お師匠様とはなんの意だ」

「左吉の旦那、竹松のやつ、神守様に三浦屋の薄墨太夫にお引き合わせを願って以来、薄墨様の美しさにぞっこんでね、一文二文と銭を貯めて薄墨太夫をひと晩借り切りにする決心をしたところでさ」

親方の虎次が説明した。

「天下の薄墨とはまた狙いが大きいな。吉原の手ほどきをしてくれる神守様はお師匠様か」

得心した左吉が笑った。

「左吉どの、それがしは案内役、口利きは務まっても手ほどきは無理にござる。竹松、勘違いをするでないぞ」

と酒を注いでくれた竹松に最後は幹次郎が釘を刺した。

「うちの給金じゃあさ、生涯かかっても薄墨太夫の座敷に上がれそうにないや。だったら神守様にお愛想してさ、腰巾着みてえにくっついていたら、この前みたいにいいことがあるかもしれないじゃないか。だからさ、神守様は竹松にとって神様仏様神守様なんですよ」

と大真面目《おおまじめ》の竹松が、

「さっ、師匠、もう一杯」

と熱燗の徳利を差し出した。

「最初の酒をまだ頂戴しておらぬ、暫時お待ちを」

と幹次郎は断わり、ゆっくりと呑み干した。すると竹松がすかさず空の杯に新しい酒を注ぎ足した。

「竹松、おめえの願いなんぞ神守様はとっくに承知だとよ。そこに親方と一緒に突っ立っていられたら、なんだか盆と正月が連れ立ってきたようで、忙《せわ》しいや」

と左吉がふたりを奥へと追いやった。

「左吉どの、どこぞにお籠《こも》りでしたか、お顔の皮が一枚剝《む》かれたようで白く見える」

「本業のほうでね、二十日余り小伝馬町の牢にしゃがんでいたんでさ」

「道理《どうり》でな」

「神守様は相模への道中で日に焼けておいでのせいで、こっちの面がうらなりの青瓢簞《あおびょうたん》に見えましょうな」

と苦笑いした。そして、

「まあ、駆けつけ三杯と申します、わっしに一杯注がせてくださいな」

左吉と幹次郎は互いの杯に新しい酒を注いで久闊《きゆうかつ》を叙した。

ふたりは久しぶりの酒を静かに呑み干した。

「牢にしゃがんでいてなにがいいって、小伝馬町を放逐《ほうちく》されたあと、呑む酒が美《う》味《ま》いことでございますよ。酒が不味《まず》いって御仁がいたら、牢屋敷に二十日も入ると酒の美味が分かるようになる」

陶然《とうぜん》としていた身代わりの左吉の白い顔が急に引き締まり、

「さて、なんぞございましたので」

と問うた。

「務めを果たされたばかりの左吉どのを働かせるのは気の毒じゃが、ちと知恵を借り受けたい儀がござってな」

と前置きした幹次郎は、吉原に降りかかった新たな難題について話した。その間、ふたりの杯の動きは止まっていた。

「なんとねえ。娑婆《しやば》を留守している間にそのようなことがねえ」

と呟いた左吉が手で徳利を探り当て、幹次郎に、

「まあおひとつ」

と注ぐと自らの杯も満たした。

「あの吉原の火事に巻き込まれた遊女衆の中に、桜古さんのような健気《けなげ》な女がいたんだねえ。また新橋五郎蔵様って上役も粋だねえ。苦界に身を落とした女奉公人を気遣い、飲み食いさせ話だけをしに行くために楼に上がっていただなんて、並みの男にできるこっちゃねえや」

と感心しきりだ。

「おなじろうでも、小伝馬町の牢は煩悩欲気《ぼんのうよくけ》の塊《かたまり》って野郎ばかりだからね、その話が一層清々《すがすが》しく聞こえまさあ」

「左吉どの、吉原というところ奥が深いと桜古さんの生き方に打たれたのだが、新橋五郎蔵様を殺した者が、吉原会所を狙う輩か、はたまた御門玉蘭姫と申される女男が歪《いびつ》な考えを抱いて新橋様を襲うたのか、この対馬藩宗家のお姫様を探ってもらえませぬか」

「承知致しました」

と左吉が即答し、幹次郎が四郎兵衛から預かってきた包金《つつみきん》二十五両を卓の上に置いた。

「牢から出たばかり、懐が寂しい折りです。有難く遣わせてもらうと七代目に伝えてくだせえ」

と左吉が片手で掴むと包金を袖に引き入れた。

「ほっとしました」

「神守様、新橋様を襲うたのは海坂玄斎って野郎とは思えないので」

「まずわれらが掴んでおる中から選ぶとしたら、この海坂が第一の下手人と思える。じゃが、この者が放つ異様な殺気に新橋様が気づかれなかったのが訝しい。なぜ、警戒心もなく近くに歩み寄らせたか、この一点が気になってな」

「それで玉蘭姫が浮かび上がったわけですかえ」

「左吉どのはどう思う」

幹次郎の反問に左吉が卓の杯を取り上げ、

「牢ってところはなすこともない時間ばかりがございましてね、暇潰しに牢名主《ろうなぬし》が新入りにあれこれと婆婆の面白い話をさせるんですよ。新入りにとって牢名主に気に入られるかどうか、てめえの命に関わるこってすから必死だ。真の話に面白おかしく手を加え、話がねえ野郎は嘘狂言《うそきょうげん》をでっち上げる、そんなところで耳にした話だから、当てにはなりませんや」

と牢屋敷の話に持っていった。

幹次郎は左吉の問わず語りに黙したまま聞き入った。

「下谷七軒町《しちけんちょう》の三味線堀《しゃみせんぼり》の御家人屋敷の中間をしていた太吉《たきち》って若造が牢に送られてきたのは今から十日も前のことですよ。ふやけた野郎でね、どうやら後家《ごけ》の閨《ねや》の相手を務めて小銭を稼いでいた手合いでしてね、牢の中じゃあ、この手合いが一番いたぶられる。そんな太吉が苦し紛れに喋くった話にね、どこぞの大名家の重臣の娘が若衆姿で夜な夜な、女を求めて不忍池《しのばずのいけ》界隈の水茶屋に出入りしているって話がございました」

「ほう、三味線堀は対馬藩の江戸屋敷に近いな」

「それでございますよ。まさか神守様からこのような話があろうとは考えもしませんでしたからね、いい加減に聞いたのを悔やんでおります。もっとも太吉って野郎は、恐ろしさの余り、娑婆で聞き込んだ話をただ途切れ途切れに喋ったただけで、面白くもおかしくもござんせんから、牢名主の手下どもにやきを入れられて、ちったあ、話に工夫はねえのかと、いたぶられてひいひい泣いておりましたんでね、当てになるほどの話じゃございませんや。ただし、太吉には嘘話をでっち上げる才覚はございません。まず、ほんとの話にございましょ」

「太吉の話の人物が御門玉蘭かどうか」

「このお姫様、剣術の腕がなかなかって話をしてましたが、牢名主に色気のある話はねえのかって怒鳴られて慌てて引っ込めましたんで、尻切れとんぼの話で終わりました」

「左吉どの、牢の話、御門玉蘭姫の行状《ぎょうじょう》のような気が致す。太吉は未だ牢屋敷にござろうな」

「後家と事に及んだあと、寝込んだ隙に小金を盗んだとか、余罪もございましょうから牢屋敷から当分出てくることは難しゅうございましょう。それに牢屋敷で始末されることも考えられます。まず娑婆の空気を吸うことは叶いますまいな」

と答えた左吉が、

「太吉の話の辻褄《つじつま》が合うかどうか、明日から調べてみます」

と請け合った。

幹次郎は左吉を虎次親方の煮売り酒場に残して、神田川《かんだがわ》に出るために浅草橋より一本上流に架かる新《あたら》シ橋を目指した。

対馬藩江戸屋敷を眺めてから、浅草山谷堀に戻ろうとなんとなく考えてのことだ。町屋を西北に抜けて、豊島町《としまちょう》から新シ橋に出た。

神田川の両岸に植えられた柳の枝がだらりと垂《た》れて風もない。

橋を渡ると申し訳ばかりの狭い町屋があって、その先は餌鳥《えとり》屋敷や御家人、旗本屋敷が門を連ねている。その先の辻の左手に対馬藩江戸屋敷の塀が見えてきた。

対馬藩の屋敷御門はなかなかの威容《いよう》を見せて夜空に聳《そび》えていた。

朝鮮半島を望み、古来渡海《とかい》の拠点である対馬藩が、十万石格と称されるには理由があった。

対馬藩は幕府と朝鮮とを取り持つ役目を課され、常に江戸と朝鮮の両方に目を配って生き延びてきた大名であったからだ。また徳川幕府の鎖国策下にも拘《かか》わらず、対馬藩は朝鮮交易を許された藩であった。

この朝鮮交易には公貿易と私貿易があり、高麗人参《こうらいにんじん》や中国産の生糸《きいと》を輸入して、京、大坂に運んで、代価の銀を得られた。十万石格と称されたのは、偏《ひとえ》にこの朝鮮交易の収益が見込まれてのことであった。

だが、貿易が不振に陥《おちい》った江戸時代後期以後は、対馬藩の財政は逼迫《ひっぱく》し、朝鮮通信使来聘も江戸まで上がらず、対馬での易地聘礼《えきちへいれい》が模索されていた。

幹次郎は宗義功《よしかつ》が当代藩主の対馬家門前を通り過ぎようとした。

この界隈、向柳原《むこうやなぎわら》と呼ばれて、大名家の屋敷が続く。

対馬藩邸の長い塀が終わろうとしたとき、幹次郎はだれかに見つめられている気配がした。殺気を感じたわけではない、ただ、見られているという意識だ。

前方に銀杏《いちょう》の大木が黒々と枝を夜空に伸ばして見えた。

ひたひたと歩を進める幹次郎の耳につくのは、伊勢桑名《くわな》藩松平《まつだいら》家下屋敷の門前を流れる疎水の音だ。その疎水は三味線堀から流れ出ていた。

見つめられる気配が消えた。

相模の旅から戻って夜と昼を取り違えたような日々が続いていた。

幹次郎は知らず知らずのうちに疲れが溜まっているのか、と思った。

向柳原の道が鉤《かぎ》の手に曲がり、右手に葦《あし》が生えた三味線堀が見えてきた。

前方に人影が浮かんだ。

風もないのに裾がひらひらと靡いて、女のように思えた。

人の往来もない三味線堀だ。

夜半、女がひとり散策するなど考えられなかった。

幹次郎は歩を緩めて人影に近づいた。女が着ている衣装が月明かりに光って見えた。

上衣《じょうい》の丈《たけ》が短く、光沢《こうたく》のある裾長の服は小袖や打掛とも違った。

幹次郎が初めて見る異国の服だった。

細身ながら大柄な女だった。

「卒爾《そつじ》ながら物申す。かような刻限、女性おひとりでの外出は剣呑《けんのん》にござろう。屋敷が近いなれば早々にお戻りあれ」

「吉原会所裏同心、神守幹次郎どのかな」

甲高い声が訊いた。

「いかにも神守幹次郎にござる。そなた様はどなたかな」

女は声もなく笑った、が、答えない。

幹次郎は薄い布の衣装をふわりと身に纏った女の左手が背に回っているのを見た。

雲間に隠れていた弦月《げんげつ》が姿を現わし、青白い光が女の顔を照らしつけた。

細面の美形だ。色が白いせいか、肌が透けたように見える。細く整った両目がどこか異国の女を思わせた。

「それがしが当ててみせようか」

「ほう、私の身許を承知と申されるか」

言葉遣いは男のものだ。

「対馬藩宗家ご家中、御門玉蘭姫とお見受け致す」

「さすがに敏腕と評判の用心棒どの」

「新橋五郎蔵様を待ち受けておられたように、それがしになんぞ御用がござるか」

「新橋五郎蔵とは何者か」

「玉蘭姫、そなたが背に隠し持った得物《えもの》で喉元を掻き斬った相手にござるよ」

「知らぬな」

「ご存じなくてそれがしを待ち伏せなされたか」

「わが屋敷の前に立ち止まり、しげしげと見つめる者こそ怪しけれ。何用あって足を止めた」

「対馬藩宗家には用事がござらぬ」

「とするとこの御門玉蘭にか」

「会《お》うてみたい気が致してな」

「なぜか」

「そなた様、過ぐる年の十一月九日に炎上した吉原の災禍《さいか》で亡くなった桜古さんのもとに登楼なしたことがあったな」

「女が女を買《こ》うてなぜ悪い」

「人それぞれの好みがござろう、一概に悪いとは思わぬ。ただし、御免色里では許されぬ仕来たりである」

「あれこれと理屈をつけては男どもが邪魔立て致すのが、この世の中の常」

「玉蘭姫、そなた、遊女桜古の客であった新橋五郎蔵どのを殺害致したな」

幹次郎は重ねて詰問した。

「知らぬな」

とふたたび言い放った玉蘭の体がふわりと跳躍した。

反動もなく垂直に跳び上がる様は並みの脚力ではなかった。

長衣《ちょうい》の裾が閃いて白く長い脚が幹次郎に向かって蹴《け》り出された。同時に背に隠し持っていた両刃の直剣が幹次郎の喉元に突き出されてきた。

幹次郎は背を丸めて玉蘭が飛び上がった足元に飛び込むと、虚空《こくう》に向かって刃渡り二尺七寸の剣を抜き打った。

切っ先が長衣の裾を斬り裂いて、御門玉蘭の下腹部を露わに曝《さら》した。

ふわり
と三味線堀の土手に着地した玉蘭が長衣の斬り裂かれた裾を片手で引き千切《ちぎ》り、

「神守幹次郎、次なる機会には許しはせぬ」

と青白い顔に怒りを漂わせて宣告した。

「いつなん時なりともそなたが指定致す場所に出向こう」

「その言葉忘れるでない」

手にしていた衣服の一部を三味線堀に向かって投げると白い脚を惜しげもなく曝してその場から姿を消した。

幹次郎は、ふうっと息を吐くと剣を鞘に納めた。そして、三味線堀には落ち切れず葦原に引っかかった、引き千切られた衣服の裾を拾った。すると白檀《びゃくだん》の香りが薄く漂っているのに気づいた。


幹次郎が牡丹屋に戻ったのは夜半九つ過ぎのことだった。

牡丹屋の土間に入ると若い衆らの緊張した背が見えて、その間から亡骸が横たわっているのが見えた。亡骸はたった今運び込まれた感じで、寒さを纏っていた。

「またどなたか襲われましたか」

幹次郎の声に若い衆が左右に分かれて、上がり框にどっかと腰を下ろして憤怒《ふんぬ》の表情を見せた四郎兵衛の視線と幹次郎の目が合った。

「松葉屋《まつばや》仮宅からの帰り道、馴染客の早乙女《さおとめ》様と申されるお武家様が浅草寺裏の畑《はたけ》屋敷で斬り殺されて見つかったのでございますよ」

幹次郎は戸板に乗せられた三十年配の亡骸を見た。江戸育ちか、細身の朱塗り大小拵えが体の傍らに置かれてあった。

新橋五郎蔵にあった傷と似ていた。

「懐に松葉屋の遊女からの文があったので、早乙女様という名だけは分かっております」

と四郎兵衛が答え、

「刀はこちらも抜いた形跡はございませんので」

と番方の仙右衛門が言った。

「畑屋敷で亡骸が見つかったと申されましたが、殺された現場も一緒でござろうか」

「夜廻りの小頭らが悲鳴を聞いて駆けつけましたんでね、相手は亡骸を移す暇はなかったと思います」

「長吉どのらは下手人を見られたか」

土間の端にいた長吉が、

「いえ、わっしらが駆けつけたときは、このお方が断末魔の声を漏らしておられましたが、下手人は影もかたちもありませんでした」

「長吉どの、それがしを現場に案内してくれませぬか」

へえ、と応じた長吉が会所の名入り提灯を若い衆の金次に持たせて従わせた。

四

金龍山《きんりゅうざん》浅草寺の広大な境内の北側に浅草寺寺中の畑屋敷があった。

ここには鷭御場《ばんおば》が併設されて、早苗が田圃に広がる季節ともなると人の笑い声に似た声で鳴きながら、水鶏《くいな》が水田を泳ぐ風景が見られた。

鷭とは水鶏の一種だ。

だが、夜半のこと、畑屋敷一帯は森閑として物音ひとつしなかった。

長吉が提灯の灯りで辺りを確かめ、

「早乙女様が倒れておいでだったのはこの界隈にございました」

と幹次郎に教えたのは、畑屋敷の塀が切れて寒々とした風が吹き抜ける畑屋敷と田圃との境だった。

早乙女某《なにがし》という名の客が上がった松葉屋仮宅は、猿若町《さるわかちょう》の芝居小屋近くにあって、早乙女は、浅草寺裏を四つ過ぎに通りかかったと思われた。

幹次郎は金次が差し出す提灯の灯りを頼りに地面の血溜まりを見た。黒々と固まりかけた血の海が不気味に広がっていた。

幹次郎はその周りを歩き回り、嗅《か》ぎ回った。

その様子を長吉らが黙って見ていた。

幹次郎はその匂いを畑屋敷の通用門の軒下に嗅いだと思った。

「長吉どの、こちらに来てくれぬか」

長吉が訝しげな顔つきで幹次郎の指図に従った。

「なんでございますな」

「なんぞ匂わぬか」

幹次郎はその場から離れ、長吉に代わった。長吉が通用門の軒下をくんくんと嗅ぎ回り、

「なんぞよい香りが致しますな」

「白檀香とは思わぬか」

「おっと、いかにもさようで」

金次の持つ提灯を遠ざけ、菜種油の匂いと混じらぬようにして改めて嗅ぎ回り、

「微かながらもたしかに白檀香の匂いが致しますぜ」

と確かめた長吉が、

「これがなんぞ早乙女様の殺しと関わりがございますので」

と問い返した。

「この軒下に早乙女様を殺した者が長い時間潜んでいたと思われる」

「ほう、匂いの主が下手人と申されるので」

と長吉が呟いたが、それ以上のことは訊かなかった。相模での旅などで幹次郎の探索のやり方や考え方を承知していたからだ。

「長吉どの、金次どの、ご苦労であった」

と案内役の小頭らを労った幹次郎はその場を離れて牡丹屋へと戻り始め、長吉と金次が従った。


牡丹屋の仏間に上げられた早乙女某の亡骸の傍らに松葉屋の男衆と遣手、そして、泣き崩れた遊女淡椿《あわつばき》がいた。

「戻られましたか」

幹次郎らが畑屋敷に行った間に松葉屋に連絡がいき、奉公人と花魁が身許の確認に来たようだ。

「淡椿、おまえさんの馴染の早乙女様に違いはねえか」

「あい、早乙女様にありんす」

と若い泣き声が答えた。

「早乙女様はどちらのご家中だえ」

「七代目、美濃大垣《みのおおがき》藩戸田《とだ》様のご家臣でございますよ。うちを出られたのが四つ前のこと、淡椿に見送られ、またの逢瀬《おうせ》を楽しみにと言い残されて戻っていかれました。おそらく竜泉寺村の下屋敷に戻られる途中にこのような目に遭われたのでございましょう」

「懐に淡椿の書いた文があったので早乙女と姓は分かったが、名はなんと申されるな」

へえ、と答えた男衆が淡椿を見た。

「早乙女様はわちきが文を書くときの偽名《ぎめい》にありんす。本名は法村参之丞《ほうむらさんのじょう》様と申されます」

遊女が誘いの文を書くとき、お店や屋敷に配慮して偽名を使ったり、知り合いの家に宛てたりする手を使った。

頷いた四郎兵衛が仙右衛門に合図を送り、若い衆ふたりが提灯を持つと牡丹屋を飛び出していった。むろん戸田家の下屋敷に法村の奇禍を告げるためだ。

「ご苦労だったな、淡椿」

四郎兵衛の労いの言葉に淡椿がふたたび合掌して泣き崩れ、

「淡椿、お屋敷の方々が見えられる前にお暇するぜ」

と男衆と遣手に付き添われて牡丹屋から姿を消した。

四郎兵衛がなにごとか沈思していたが、ふうっ、と顔を上げて幹次郎を見た。

「なんぞ分かりましたか」

「先の新橋様、今宵の法村様を殺害した人物、対馬藩宗家の御門玉蘭と申す娘に相違なかろうかと存じます」

と前置きした幹次郎は、身代わりの左吉に会い、左吉がこの二十日余り小伝馬町の牢屋敷にいたこと、その牢舎で池之端《いけのはた》不忍池界隈の水茶屋に大名家の重臣の娘が若衆姿で出入りする噂を耳にし、それが御門玉蘭と同一人物かどうか探ることを依頼したこと。そして、その帰路、向柳原の対馬藩宗家の屋敷前を通り過ぎ、三味線堀に差しかかったとき、待つ者がいたことなど順を追って話した。

「神守様、まさか神守様を待ち受けていた人物が御門玉蘭ではございますまいな」

幹次郎は、三味線堀の戦いで斬った異国の長衣の裾を物置き棚から出して座敷に広げた。

その場に白檀香の芳香と玉蘭の体臭が入り混じった匂いが漂った。

「ああっ」

と長吉が驚きの声を上げた。それをじろりと見た四郎兵衛が、

「この裾は」

「御門玉蘭が身に着けていたものにございます。推測するに異国の女性が着用する長衣かと存じます」

幹次郎は戦いの模様を語った。

「なんと御門玉蘭は異国の剣法を身につけておりましたか」

「それもなかなかの手練れにございます。さらには細面の美形にございましてな、あの者が異国の衣装を身に纏い、声をかけたとすると新橋様も法村様もつい油断をなされたかと存じます」

うーむ

と四郎兵衛が唸った。

「七代目、神守様を案内した畑屋敷の通用門の軒下にもこの白檀香が微かに漂っておりましたぜ」

長吉が畑屋敷の通用門軒下で嗅いだ匂いのことを告げた。

「玉蘭姫は常に白檀香を身につけておるのか」

「どうやらきつい体臭を隠すためにか、白檀香の匂い袋を持ち歩いているようでございます」

と答えた幹次郎が、

「また玉蘭姫はそれがしの行く手に立ち塞がったとき、吉原裏同心神守幹次郎かと誰何致しました」

「ほう、神守様の身許を知っており、待ち伏せしていたと申されるので」

「いかにも」

幹次郎は牡丹屋の座敷に原色の長衣の裾を取り上げた。するとふたたびふわりと香りが漂った。裾の一部に縫いつけられた金襴の帯の一部を幹次郎は四郎兵衛らに見せた。

「四郎兵衛様、この金襴、古一喜三次の店で見かけたような気が致します。もしこの帯地が桐生で織られた山城金紗縮緬なれば……」

「面白うございますな、神守様」

と四郎兵衛が自分の膝を、
ぱちん
と音がするほど強く叩いた。

「おのれ、古一喜三次め、尻尾《しっぽ》を出しおったわ」

「いえ、七代目、裏を取らぬことにはたしかなこととは言えますまい。折角《せっかく》神守様が調べ上げてこられたこの話、古一の店にだれぞをやって山城金紗縮緬を買わせます」

と仙右衛門が慎重な発言をした。

「番方、この役、玉藻と汀女先生に頼もうか」

四郎兵衛の命に仙右衛門が頷いた。


その夜、幹次郎が牡丹屋から左兵衛長屋に戻ったのは、八つ半（午前三時）過ぎのことだった。すでに汀女は床に就いていたが、幹次郎が戻った様子に直ぐに起き上がり、

「幹どの、連夜ご苦労に存じます」

と労いの言葉をかけ、火鉢に掛けられていた鉄瓶の湯で酒の燗《かん》をつけてくれた。

「姉様、これを見てくれぬか」

幹次郎が斬り裂き、御門玉蘭が千切り捨てた長衣の裾を広げて見せた。

「幹どの、また艶《なま》めかしいものをお持ちですこと」

白檀の香りを嗅ぐ汀女に幹次郎はそれを取得した経緯を説明した。

「なんと対馬藩宗家の重臣のお姫様が身に纏うていた着物《チマチョゴリ》の裾にございますか」

「この衣装、チマチョゴリというのか」

「朝鮮通信使一行の来聘の光景を描いた絵にかの地の女性が着る長衣をチマ、上衣をチョゴリと呼ぶと記してあったように思います」

汀女がそう答えながら行灯の灯りで引き千切られたチマの裾を確かめていたが、

「宗家の領地の対馬が朝鮮に近いこと、さらには幹どのが玉蘭様に異人の風貌を見てとられたこと、また異国の剣術を身につけておられることなどを考え合わせますと、御門玉蘭様の体には朝鮮の方の血が混じっておられるのではございませぬか」

「姉様もそう思うか」

「まず間違いございますまい」

「この玉蘭姫が古一喜三次と繋がり、その背後に田沼の残党が控えているかどうか。さらには海坂玄斎がその一味と関わっておるかどうか、分からぬことばかり」

「幹どの、江戸に戻られて二日しか経っておりませぬ。この限られた日数に御門玉蘭様のことを突き止められ、相手の待ち伏せまで誘い出したのです。上出来と申さずなんと言いましょうな」

と汀女が褒めてくれた。さらに、

「明日にも玉藻様と古一に乗り込んで金襴を買い込んで参りますよ」

四郎兵衛の命を請け合い、

「頃合に燗がつきました」

と幹次郎に杯を持たせ、夫婦水入らずの深夜の酒盛りが始まった。

幹次郎は見ていた。

室町通りが南から北に延びて室町三丁目が十軒店本石町と名を変えるところ、

西から東に本町が一丁目、二丁目と下りてきて交差し辻をなす。その辻を室町三丁目に数軒戻ったところに古一の山城金紗縮緬を扱う店があった。

一文字笠を目深《まぶか》に被った幹次郎は着流しの腰に和泉守藤原兼定を一本だけ落とし差しにして、江戸町年寄喜多村彦右衛門《きたむらひこえもん》屋敷の南側、浮世小路《うきよこうじ》の出口から古一の店先を眺めていた。

昼下がりの刻限、間口四間半ほどの古一に次から次へと女客が吸い込まれるように入っていく。

古一喜三次が京西陣の織と染を上州桐生の地に移し替えた技と意匠が、江戸の女たちに受けた様子が明らかにみられた。

江戸期の女の心を捉えたのは元禄《げんろく》期（一六八八～一七〇四）の友禅染《ゆうぜんぞめ》の優美な技法だった。多彩な色を使って繊細な絵模様を着物に再現し、元禄の華やかさを演出した。

この友禅染の流行《はや》りと一緒に女心を惑わしたのが縮緬だ。

日本で縮緬が初めて織られたのは、天正《てんしょう》年間（一五七三～九二）と古く、それまで小袖、振袖、打掛は綸子《りんず》を用いることが多かったが、それが縮緬に取って代わった。

地紋《じもん》がなく「しぼ」を持つ縮緬は、布面の凸凹が光を柔らかく乱反射する「しぼ」の技によって生地に施された色彩がしっとりと優雅な美しさを見せた。

華麗な友禅染と縮緬が出会うことによって、感触が軽やかで贅沢な召し物が誕生した。これが江戸の女たちの心を一気に鷲摑《わしづか》みにした。

友禅染と縮緬が出会って百年が過ぎ、西陣織の豪奢《ごうしゃ》な金糸、銀糸を立体的に織り込んで描写する花鳥風月が縮緬に凜然《りんぜん》とした気品と香気を加えて、ふたたび江戸の女の心を捉えようとしていた。

幹次郎は大店の女将然とした玉藻と茶道の女宗匠《そうしょう》といった趣《おもむき》の汀女とが古一の店頭に立ったのを見ていた。

御城近くの日中のことだ。

女ふたりが買い物に出たとてなにが起こるとは考えてもいなかった。山城金紗縮緬を購《あがな》う名目で古一を訪ね、女の眼で店の内外、品物、奉公人を観察するのもまた面白いと思うて、四郎兵衛が命じたことだった。

「御免くださいな」

江戸小紋をきりりと着こなした玉藻は、平然と初訪いの古一の店に立った。そして、店先で行われる商いの様子をゆったりと眺めて、板の間の帳場格子で初めての女客を値踏みする番頭と目を合わせた。

「番頭さん、山城金紗縮緬の評判を聞いて伺いました。新規の品を見せていただけませぬか」

玉藻の悠然たる注文に、

「へいへい、気がつかんことどしたな。うち方の縮緬が江戸のお内儀様方に評判を呼ぶやなんてまだまだ先のことと思うとりました。それはさておきお内儀様、うち方の山城金紗縮緬を見ておくれやすな。これ、手代どん、お内儀様おふたりを奥に案内しなはれ。応対はうちがさせてもらいますよってにな」

と番頭が上客と見たか、玉藻と汀女を店の奥の小座敷に通すよう指示した。

京風に奥が深い造りになっており、坪庭に面した小座敷には光が柔らかく畳に落ちていた。

ふたりの前に女衆が茶を運んできた。

「ようおこしやす。宇治《うじ》の茶《ぶぶ》、江戸のお方の好みに合いますやろか」

とはんなりとした喋り方で供してくれた。

「おまえ様も京から江戸に参られましたか」

「男衆に従い、京から下ってきましたんや。まだ江戸に慣れんさかい、あんじょう応対ができしまへん」

と女衆が小座敷から姿を消すと、最前の番頭が代わって応対に出た。

「お内儀様、ようこそ古一におこしやす。わては番頭瑳兵衛《さへえ》だす。以後ご昵懇《じっこん》のお付き合い願いやす」

と丁重な挨拶《あいさつ》をした瑳兵衛が、

「どちらのお内儀様だっしゃろ、お聞かせ願えまへんやろか」

「番頭さん、挨拶が遅れて相すみません。私は浅草並木町で料理茶屋を営《いとな》む玉藻と申します。またこちらは私の相談役の汀女先生にございます」

瑳兵衛が、

「なんと」

と息を呑んで、

「これはこれは、山口巴屋の女将様と汀女先生のご来店でありましたんか。知らんこととは申せ、えらい失礼を致しました。古一、これに勝る喜びはおへん。吉原の七軒茶屋の筆頭山口巴屋様の女将様にうちの名が知られたやなんて、京からわざわざ下ってきた甲斐があったちゅうもんどす」

「番頭さん、私どもも京のお方に名が知れているなんて、驚きです。ねえ、汀女先生」

「京の商いは、大坂以上に手堅い上に生き馬の目を抜くと聞いたことがございます。商い上手の古一の番頭どのが山口巴屋の女将玉藻様の名を承知なのは当然のことにございましょう。されど吉原に寄宿《きしゆく》して生きる私の名までとは驚きました」

と汀女が呟いた。

「旦那様は神守幹次郎はんたら申される剣術の達人やそうな、その女房の汀女先生は遊女衆に慕《した》われる手習いのお師匠はん、山口巴屋の女将はんと対《つい》で知られた女子《おなご》はんだす」

「それは恐縮至極です」

汀女が嫣然と受け流し、瑳兵衛が、

「して本日の御用を伺いまひょ」

と用件を質《ただ》した。

「番頭さん、この縮緬が気に入りました。分けていただけませぬか」

と玉藻が御門玉蘭の千切れた裾についていた帯地の一部の縮緬を瑳兵衛の前に置いた。それを手にした番頭が、

「どこで手に入れはりましたんや」

とふたりを睨み据えた。

幹次郎は浮世小路の軒下から古一の店を眺めながら、眠気を感じていた。

店先から玉藻と汀女の姿が消えて一刻が優に過ぎていた。

たまや、あるいは水圏戯《すいけんぎ》と呼ばれるしゃぼん玉屋が子供を引き連れて大通りから幹次郎が立つ小路に曲がってきた。

春うららの気候で、むくろじの実を溶いた液に麦藁《むぎわら》の管を浸して吹いて、しゃぼん玉を飛ばしながら往来を行くたまやの動きも、なんとなく気怠《けだる》く見えた。

むくろじの　泡たまがとぶ　浮世小路
言の葉が脳裏に浮かんだとき、古一の店先に玉藻と汀女が姿を現わした。

第四章　宮参り

一

それから半刻後、浅草並木町の料理茶屋山口巴屋を幹次郎は訪ねた。玉藻と汀女はすでに店に戻っていた。

座敷に四郎兵衛と仙右衛門がいて、古一を訪れた玉藻と汀女から報告を受けていた。

「玉藻様、姉様、ご苦労にございました」

幹次郎はふたりの女の労を労った。

「神守様、陰警固有難う存じました」

玉藻も返礼し、

「古一の番頭瑳兵衛さん、なかなか一筋縄ではいかぬ人物とお見受け致しました」

と言った。

四郎兵衛の前には、御門玉蘭のチマチョゴリの裾の帯地の一部と並んで古一で買い求めた山城金紗縮緬の反物があった。

「やはり古一で売り出した縮緬にございましたか」

「この裂《きれ》を差し出し、同じものを買い求めたいと申しますと、最初こそ驚いた様子でしたが直ぐに立ち直り、どこで手に入れはったか存じませぬが、山口巴屋の女将はんの目に留まったのは、商い繁盛の証《あか》し、瑞兆《ずいちょう》どすと奥から同じ縮緬を出してきました。それがこちらの桜に孔雀《くじゃく》模様の紅縮緬にございます。番頭の瑳兵衛の見立てどおり、幾度も汀女先生と一緒に見比べてみましたが、まず玉蘭の帯地の裂、古一で売られている紅縮緬の一部かと思われます」

幹次郎も玉蘭のチマチョゴリの裾についていた帯地の一部を桜に孔雀模様の紅縮緬の反物と並べて見て、紅地に金を散らした染が帯と一緒であることを確信した。

「幹どの、振袖に仕立てる紅縮緬を異国の服の帯に使うためにと注文なされる客はおられますかと玉藻様が番頭に問い質されますと、客の大半は馴染の仕立て屋に反物を持ち込むさかい、その先のことまで責任は負いかねますと平然とした答えが返ってきました。さらに玉藻様が、桜に孔雀文様の紅縮緬、これまでどれほど売れましたか、と尋ねられますと、はあてな、どれほどの数出たんやろか、まあ、売り上げを他人様にお教えするわけにはいかしまへんと泰然自若として答える始末、たしかに一筋縄でいく商人ではありません」

「玉藻様、姉様、御門玉蘭のチマの帯地が江戸で売り出されたばかりの山城金紗縮緬と分かっただけでもお手柄でした」

幹次郎の言葉に四郎兵衛が大きく頷き、

「京から桐生を経てこの江戸に乗り込んできた古一喜三次一統と、対馬藩宗家の朝鮮通信使来聘御用掛の娘、御門玉蘭はなんらかの関わりがありそうなことが突き止められたのです。大きな成果と申せましょう」

と応じた上で、

「神守様、新橋五郎蔵様と法村参之丞様を手にかけた下手人、ほんに御門玉蘭と考えてようございましょうかな」

と幹次郎に質した。

「おふたりの突き刎ねられた傷の具合から察して、玉蘭が背に隠し持っていた両刃の直剣がふたりを死に至らしめた可能性は高うございます」

「さてさて、古一喜三次一統がなにを考えて吉原に手を出してきたか」

「まず背後に田沼残党が蠢いておると考えたほうが、得心がいきますな、七代目」

「あちらも玉藻と汀女先生が乗り込んだことを吉原の反撃、宣戦布告と考えて対策を取ってこよう」

「七代目、すでに町年寄の喜多村の大旦那に願い、古一の店の表口と裏口の出入りを望める見張り所を設ける手筈は整え、長吉らを送り込んでございます。また古一の奉公人のすべてに尾行をつけます」

「長丁場の駆け引きになりそうな予感が致しますな。ともあれ吉原通いの客が犠牲になるのは、法村様で打ち止めにせねばなりませぬ」

四郎兵衛の厳しい言葉に仙右衛門が頷き、幹次郎が、

「四郎兵衛様、玉蘭には身代わりの左吉どのがへばりついておられます。日が落ちたあと、それがしも左吉どのに合流致します」

「お願い申しましょう」

と山口巴屋の座敷で手配りがなされた。

幹次郎は山口巴屋の座敷で一刻ほど仮眠した。目を覚ましたとき、すでに料理茶屋は客を迎える仕度を終えていた。

「幹どの、目覚められたか」

「おお、もはやこのような刻限か。座敷を独り占めにして迷惑をかけたのではないか」

「お客様が参られるまでには少しばかり余裕がございます。台所に参られ、夕餉を馳走になりなされ」

台所の板の間の片隅で幹次郎は、男衆や女衆が忙しげに立ち働く様子を見ながら汀女の世話で早々に夕餉を終えた。

「姉様、番方らは夜廻りに出られたか」

「山谷堀界隈を中心に町内の鳶の手を借りて夜廻りが始まっております」

仮宅の見廻り、御門玉蘭が下手人と思える辻斬り騒ぎ、海坂玄斎の不気味な沈黙、さらには古一喜三次の店の監視と、吉原会所の手に余る御用が押しかかっていた。だが、ここで音《ね》を上げたら、吉原会所は壊滅的な打撃を受け、吉原再建は頓挫《とんざ》する、そのことがだれにも分かっていた。

「それがしも左吉どのに会いに参ろう」

「左吉様が腹を空かしておられるといかぬと玉藻様が紫蘇《しそ》にぎりを拵えてくれました。これを左吉様に届けてくだされ」

「それは有難い気遣いかな」

竹皮包みのにぎり飯を着流しの懐に入れ、和泉守藤原兼定を落とし差しにして一文字笠を被った幹次郎は、山口巴屋の裏口から並木町の裏路地に出た。

昨晩辿った道を反対に向柳原を目指す。すると寛永寺から打ち出される五つの時鐘が幹次郎の背に響いてきた。

幹次郎が下谷七軒町から三味線堀に出たとき、生暖かい風が吹いてきた。

三味線堀から流れ出る水は、向柳原へと南に向かい、伊勢桑名藩松平家の下屋敷の門前から塀沿いに流れて、敷地の西南の角で東に向きを変え、幕府御米蔵《おこめぐら》の運河へ、さらには大川へと流れ込んだ。

堀が直角に向きを変える松平家の塀の西南端に幹次郎が達したとき、

「神守の旦那」

と左吉の密やかな声が堀の石垣下の猪牙舟からした。見ると苫《とま》屋根が掛けられた猪牙舟が運河の端に舫われていた。

「こちらにおられたか」

幹次郎が石垣に片手をついて、ひょい、と猪牙舟の舳先に飛び移り、苫屋根の下に這入《はい》り込んだ。身を隠し、寒さを防ぐための屋根下の暗がりに酒の匂いがぷーんと漂った。

幹次郎は闇に目を慣らした。しばらくすると瞳孔《どうこう》が開いて苫屋根の内部が微かに識別できた。

左吉は苫の隙間から見張っていた。傍らにはどてらも用意されていて防寒対策はおさおさ怠《おこた》りなかった。

「夜は長《なご》うございますでな、寒さ凌《しの》ぎに酒をちびちびやりながら宗家の屋敷を見ておりました」

と言い訳した。

幹次郎が左吉を真似て苫の隙間から覗くと宗家の表門と北門が望めた。

「ここは絶好の見張り所でございますな」

「表門が閉じられたあと、宗家の出入りは表門の通用口と北門のふたつに限られますんで、ここでこうしておると玉蘭姫の動きは一応摑めます」

「よい場所によい見張り所を設けられたもので感心致しました」

幹次郎が改めて褒めると、

「武家地で見張り所を設けるにはいつも苦労致しますがな、ここは三味線堀から掘り割られた堀が救いになりましたな」

「左吉どの、腹は空いておられぬか」

「酒を用意する才覚を働かせたところまでは我ながら感心致しましたがな、食い物を忘れました」

と苦笑いする左吉に竹皮包みを懐から出して差し出した。

「山口巴屋の玉藻様が持たせてくれました」

「お気遣い痛み入りますな。神守様の腹具合はどうですね」

「それがしは夕刻、仮眠を取り、夕餉をたっぷりと馳走になってきました。左吉どの、腹を満たしたら少し横になりなされ。その間、それがしが見張りを代わります」

「夜は長うございますでな、交代で務めますか」

竹皮包みを解いた左吉が、

「おや、紫蘇の香りが漂ってくる、それに奈良漬《ならづけ》まで添えてございますよ。江戸でも今や評判の料理茶屋の山口巴屋の馳走の到来ですか、なんだか月見にでも来たような気分になりました」

と言いながら、紫蘇にぎりを頬張った。

幹次郎は、左吉が夕餉代わりのにぎりを食する間に、玉藻と汀女が古一喜三次の店を訪ねた顚末《てんまつ》を語り聞かせた。

「ほう、玉蘭姫の帯地は、古一方で売られる山城金紗の中でも紅縮緬と呼ばれるものでございましたか。女ふたりの奇襲策、当たりましたな」

「番頭も然《さ》る者、居直ったか桜に孔雀の紅縮緬を玉藻様に売りつけたそうです」

幹次郎は説明をしながら、桜に孔雀模様の反物がいくらするものか聞き忘れたと思った。

「待てよ。夕刻前、手代風の男が通用口から屋敷に入ったが、あやつ、出てきた形跡がございませんな。もしや古一の奉公人ではございますまいか」

「古一と御門玉蘭姫が関わりあるとすると、奉公人が玉蘭に知らせに来たと考えられますな」

「されど武家屋敷に泊まり込むわけには参りますまい」

「なんにしても夜は長い。左吉どの、少し横になりなされ」

と幹次郎は紫蘇にぎりを食し終えた左吉を強引に休ませた。

「牢帰りの左吉どのにこのような見張りまでさせて申し訳ござらぬ」

「神守様、若いころは夏場だろうと冬場だろうと牢屋敷に何月しゃがんでいてもなんてことはございませんでしたがな、こたびは意外と応《こた》えました。歳のせいでしょうかな、それに比べれば苫屋根の下で足が伸ばせる見張りなんぞ極楽でございますよ」

と言った左吉がしばし黙り込んだと思ったら、寝息が聞こえてきた。

幹次郎は苫の間を左右に押し開けて隙間を作り、見張りを始めた。

東叡山《とうえいざん》寛永寺で打ち出す時鐘が夜半九つを告げた。

その間、人の出入りはなく対馬藩江戸屋敷に異変は感じられなかった。

牢屋敷の暮らしが応えたと認めた左吉は規則正しい寝息で熟睡していた。

九つ半時分か、寝息が急に止み、左吉がむっくりと起きた。

「神守様に見張りをお任せしてこっちは白河《しらかわ》夜船《よふね》を決め込んでしまった。申し訳ございません」

「こちらはただ外を覗いておるだけだ」

「なにもしないで待つことほど辛いものはございませんよ。わっしが代わりますから、神守様は休んでくれませぬか」

とどてらを左吉が幹次郎に渡そうとしたとき、幹次郎は視界に何かが動くのを感じ取った。目を凝らすと北門から音もなくふたつの影が忍び出てきた。

「左吉どの、動き出した」

左吉が苦に顔をくっつけ、覗いた。

影は振袖を着た若衆姿と荷を負った手代風の男だった。

「あやつ、今ごろ出てきやがった」

左吉が呟いた。

ふたつの影は向柳原の通りに出ると新シ橋の方角へと歩いていく。

「参ろうか」

左吉と幹次郎は猪牙舟を這い出ると石垣に上がった。

幹次郎は一文字笠を被り、ふたりの影を確かめた。薄い月明かりの下、同じように細身のふたつの影は、ひたひたと神田川へと向かっていた。

「室町の古一を訪ねる気ですかね」

左吉が呟くと、ふうっという感じで闇に姿を溶け込ませようとした。

「左吉どの、玉蘭姫と対決するとき、手出しは無用に願いたい」

しばし沈黙の間があって、承知致しましたと答えた左吉が気配を消した。

幹次郎はそれを見送ると一丁ほど先を行くふたつの影を武家地の塀際に身を寄せつつ追った。

ふたつの影は新シ橋を渡ると不意に二手に分かれた。

荷を担いだ手代風の男は、まっすぐに豊島町に進み、若衆姿の御門玉蘭は、柳原土手沿いに浅草御門へと下っていった。

幹次郎は迷うことなく御門玉蘭を追った。

左吉がどう判断したか、幹次郎には見当がつかなかった。ひたすら一丁ほど先を歩む御門玉蘭を追い続けた。

影は浅草御門を通り過ぎ、神田川の河口に架かる柳橋で浅草下平右衛門町《しもへいえもんちょう》へと渡った。さらに町屋を西北へと斜めに突っ切り、浅草瓦町《かわらまち》で御蔵前通りに出た。

(なにをする気か)

幹次郎は初めて若衆姿の御門玉蘭の行動を訝しんだ。もしこの通りに出るならば、対馬藩上屋敷から東に御米蔵へと抜ければ近道だ。それをわざわざ遠回りする意味があるのか。

(もしやこちらの尾行に気づき、誘い出されたか)

幹次郎は前方を歩く玉蘭との間合を詰めた。

半丁(約五十五メートル)と迫ったとき、

(しまった)

と思った。

昨夜の御門玉蘭と体の線が微妙に異なっていた。同じ細身でも玉蘭の線は、

「女」

の優しさとしなりがあった。この若衆の線はしなやかであっても体の芯に、

「剛直」

が残っていた。

若衆は玉蘭ではない、とようやく幹次郎は誤ちに気づかされた。さらに間合を詰めた。

「卒爾ながらお尋ね申す」

若衆姿の背がぴくりと震え、立ち止まった。だが、振り向こうとしなかった。

「なぜ御門玉蘭姫の身代わりを演じられるな」

「そのような者は知らぬ」

と男の声が応じた。

相変わらず幹次郎に背を向けたままだ。

「それがし、一杯食わされたようじゃな」

笑い声が起こり、背が上下に揺れた。

「かような夜半に戯《たわむ》れなど酔狂《すいきょう》に過ぎましょうぞ。そなたは何者か」

「吉原会所の神守幹次郎と申す」

「なにっ、神守幹次郎とな」

とっくに承知していた声だった。

背が回り、同時に気配もなく若衆侍の腰間から細身の剣が抜き放たれると、滑《すべ》るような車輪に回されて、若衆の背に迫っていた幹次郎の胴が撫《な》で斬られた。

肩が回る気配に幹次郎も藤原兼定を抜き、胴に迫りくる相手の刃を弾いた。

ちゃりん
と刃と刃が当たって鳴り、火花が散った。

若衆の顔は白塗りにされて紅が引かれているのが夜目《よめ》にも分かった。

若衆は弾かれた剣を迅速に引きつけると幹次郎に先手を取らせぬように次から次へと攻めを仕掛けてきた。

攻撃から攻撃の間が短く、幹次郎は付け入る隙を見出せない。

細身の剣が縦横無尽《じゅうおうむじん》に動き、奔流《ほんりゅう》のように幹次郎の身に迫った。

相手の剣はたしかに和人の刀鍛冶《かたなかじ》が鍛《きた》えたものだ。だが、それを扱う相手の剣捌きは技が軽やかで大きく、異国の技を想起させた。意表を突く剣技を支えているのは柔軟で剽悍《ひょうかん》な体の動きだ。

両の振袖が体の動きを隠すように揺れ動き、若衆の体と剣の出所を隠していた。

幹次郎は相手の迅速な連続技を弾き返しながらも後退させられていた。

ばたばた
と足音がして何者かが戦いの場に駆けつける気配がした。だが、戦いに加わる様子はない。

若衆の視線が、
ちらり
と傍観者に行った。

その瞬間、幹次郎は反撃の機会を見出した。相手の細身の刀に擦り合わせて間合を詰めた。

藤原兼定が相手の鍔元に滑り落ちて、白塗りの顔が間近に迫った。真一文字に閉じられていた口が開かれて、夜気を吸った。

幹次郎の藤原兼定が相手の刃を押して、不意に引いた。そのせいで刃と刃が離れた。

ふたつの刃が上下に分かれた。

若衆の細身は虚空に跳ね上がって、幹次郎の首筋を狙い、藤原兼定は横手に流れて相手の胴へ襲いかかった。

戦いの場に駆けつけた左吉は、ふたつの刃が同時に相手の首と胴に決まったようで思わず、

「神守様」

と名を呼びながら目を瞑《つぶ》った。

だが、瞼《まぶた》が閉じられたのは一瞬のことで、ふたたび目を見開いた左吉は、幹次郎が引き回した剣に若衆の体が乗せられるように横手に飛ばされたのを見た。

どさり
と浅草御蔵前通りに若衆がくずおれる音が響き、幹次郎の口から、

「眼志流横霞み」

の死の宣告が漏れた。

二

「左吉どのが追った相手が御門玉蘭であったか」

幹次郎の問いに左吉が腹立たしそうに答えた。

「へえ、対馬藩上屋敷という手妻《てづま》の箱の中でふたりが交代していようとは迂闊《うかつ》にございました」

「それがしもこの者に騙されてこの場まで引き回されたのだ」

と幹次郎は手に提げていた藤原兼定に血振りをくれて鞘に納めた。

ふたりの視線は御蔵前通りに転がる若衆侍に行った。

「神守様、わっしが追った相手の玉蘭姫め、背の荷を負うたまま紺屋町《こんやちょう》裏を流れる入堀に舫われていた舟に飛び降りて、さらに対岸へと飛び移り、牢屋敷の北側の路地へと姿を消しやがった。ありゃ、大名家の重臣の姫様の振る舞いじゃございませんぜ」

「玉蘭には異人の血が混じっておる。それに朝鮮武術の遣い手、並みのお姫様ではござらぬでな」

「しくじりもこう重ねると、身代わりの左吉の面目なんぞこれっぱかりもありやしませんや」

と左吉が自嘲《じちょう》した。

「ともかく今戸橋に駆けつけ、玉蘭姫が市中を徘徊《はいかい》しておると七代目に報告しようと急いで御蔵前通りを走ってきたわっしの目の前に、刃と刃がぶつかって散る火花が見えたってわけでございますよ」

と左吉が追いついてきた理由を語った。

「この者の身許を知ることが大事かと思う。左吉どの、牡丹屋に運び込もう」

幹次郎は斃《たお》した相手を乗せる戸板でもあればと辺りを見回したとき、御厩河岸《おんまやがし》ノ渡し場から御蔵前通りに現われた提灯の灯りを見た。

提灯の灯りは一旦北に向かって歩み去ろうとしたが、直ぐにこちらに向けられ、人影がばたばたと走ってきた。

「神守様に身代わりの旦那かえ」

小頭の長吉の声が駆け寄る足音に混じって響き、提灯が血の臭い漂う地面に向けられた。すると苦悶《くもん》の表情を残した白塗りの顔が灯りに浮かんだ。

「こやつが宗家の重臣の姫様ですかえ」

「いや、それがしと左吉どののふたり、まんまと対馬藩邸で身を摩《す》り替えた小芝居に騙されて、玉蘭を取り逃がしたのだ。本物の玉蘭姫、血を求めてか、この界隈を徘徊しておると思える。われら、玉蘭を追う前にまずはこの者を牡丹屋に運び込もうとしていたところであった」

長吉がおよその事情を呑み込み、若い衆のひとりを浅草諏訪町《すわちょう》の番屋に走らせた。戸板を借りてくるためだ。

「長吉どの、この者を牡丹屋に運び込む仕事、頼んでよいか」

「引き受けましたぜ」

「それがしと左吉どの、この界隈の仮宅を回って注意を呼びかけたい。まずこの裏路地から大籬の仮宅が集まる浅草寺門前町に向かう」

「承知致しました。わっしら、この若い衆の亡骸を会所に運び込んだら、七代目と相談の上、改めて夜廻りに出ます」

「お願い申す」

幹次郎と左吉は御蔵前通りから西に外れて浅草黒船町《くろふねちょう》へ入り込んだ。

仮宅が、表を避けて裏通りに点在していた。

刻限はそろそろ八つ半の頃合だろう。半刻もすれば仮宅の戸が開き、お店に戻る客や職人衆が馴染の遊女に別れを告げて、まだ暗い未明の裏通りに姿を見せる。

玉蘭は新橋五郎蔵、法村参之丞と、ともに武家を襲っていた。

三人目も武家と限られたわけではない。だが、殺人者は同じ殺しの方法や手順を繰り返すことを吉原会所の裏同心と呼ばれるようになって学んでいた。

玉蘭が腰に大小を手挟《たばさ》んだ武士を狙う確率は町人の客を狙うより高いと思えた。たしかに夜見世の客の大半は、町人であった。だが、武家とて屋敷を抜ける理由をあれこれとつけて、一夜馴染の花魁のもとで過ごす豪の者もいないわけではなかった。

黒船町、諏訪町、駒形町《こまがたちょう》と仮宅を訪ねては、こつこつと潜り戸を叩き、不寝《ねず》番《ばん》の男衆に、

「客に武家はおられぬか。登楼なされておるなれば明るくなって見世を出るよう」

と促しながら、段々と大見世が集まる浅草寺門前町へと近づいていった。

幹次郎と左吉の足が止まったのは、浅草諏訪町と呼ばれる町屋と武家地が接する界隈の辻だ。

辻の一角に越後《えちご》椎谷《しいや》藩一万石堀《ほり》家の上屋敷の白塀が未明の闇に浮かんでいた。

両人は闇に潜む者の気配を同時に感じ取っていた。

この四辻を北へ折れて進めば浅草福川町《ふくかわちょう》から三間町《さんげんちょう》が広がり、中見世《ちゅうみせ》（半籬《はんまがき》）の仮宅が散らばっていた。

左吉の手が襟に差し込まれ、懐に忍ばせた匕首《あいくち》の柄を摑んだ。

大岡家の白塀が切れて、両側は町屋となった。

最前まで感じられていた気配が消えて、左吉が、ふうっと息を吐き、懐の手を出した。

「玉蘭姫にございますかね」

「なんとも言い切れませぬ」

幹次郎の脳裏には夢幻一流海坂玄斎の姿が浮かんでいた。玉蘭にしろ海坂玄斎にしろ幹次郎らの行動を気にする者がいたことはたしかだ。

七つ（午前四時）の時鐘が門前町に響き、仲春の江戸の空がしらみ始めた。

ふたりは三間町を抜けて東仲町へ出た。すると大見世の三浦屋から駕籠が姿を見せて、客の朝帰りを顔見知りの花魁の森香《もりか》が門前まで見送っていた。長襦袢《ながじゅばん》に綿入れを羽織っていた。

後朝《きぬぎぬ》の別れの遊女の表情に気だるさと艶めかしさがあった。

「おや、神守様、お早い御用にありんすわいな」

眩しくも苦笑いした幹次郎が、

「花魁、徹宵《てつしょう》じゃあ」

「あんれまあ、夜通しの見廻りにありんすか」

「吉原の武家客を狙う辻斬りが横行しておるでな、こうして身代わりの左吉どのと見廻りで朝を迎えた。三浦屋様にお武家の客はおられるか」

「昨晩はお武家様はひとりとしておられませぬよ」

「夜も明けた。もはや辻斬りの出る刻限は去ったであろう。花魁も風邪など引かぬよう寝床にお戻りなされ」

「あい」

客を送ったあと、遊女はようやく短くも独り寝の時間を過ごすのだ。

森香が生あくびと一緒に返答して門前から消えた。

幹次郎と左吉が牡丹屋に戻ったとき、夜廻りに出ていた若い衆の背が土間に溢れていた。

「神守様、ご苦労に存じます」

幹次郎の帰宅に気づいた者の声がして、若い衆が左右に散った。すると灯りの下に若衆侍が死の様相を見せて横たわっていた。

改めて幹次郎が白塗りの化粧が落とされた顔を確かめると二十歳《はたち》前後と思えた。

「ご苦労に存じました」

四郎兵衛と仙右衛門が姿を見せ、ふたりを労った。

「おふたりが夜廻りに加わられたせいか、今のところ異変があったという知らせは入っておりませぬよ」

「それはなによりにございました」

幹次郎は三味線堀から流れてくる堀に浮かべた左吉の小舟での見張りから、夜半過ぎに宗家の屋敷から姿を見せたふたつの人影を尾行したこと、さらに新シ橋で二手に分かれさせられ、幹次郎は御門玉蘭と思える影を尾けて、御蔵前通りで声をかけ、若衆侍の反撃を受けた戦いまでを報告した。

「ほう、神守様と左吉さんの目を晦《くら》まし、古一の奉公人に化けて、玉蘭姫は屋敷を出られましたか」

「こちらのほうはわっしが尾けました」

と左吉が幹次郎と交代して七代目に報告した。

「間抜けなことにわっしが追跡を振り切られたのが八つ（午前二時）前後でございましたから、あの刻限に玉蘭姫が大川を渡って本所《ほんじょ》界隈の仮宅の客の帰りを狙うとは思えませぬ。三人目に目星をつけるとしても、まず大川のこちら側にございましょう」

「左吉さんの推測はまず間違いなかろう」

「それを裏づけるように越後椎谷藩の屋敷の辻で闇に潜む者の気配を察知致しましたが、正体は見せませんでした」

「その気配の主、玉蘭と考えてようございますか」

「玉蘭か、あるいは海坂玄斎か、そこまでは判断がつきかねました」

幹次郎の返答に頷いた四郎兵衛が、

「この者、身許が分かる持ち物は一切所持しておりませなんだ。若衆の振袖と細身の大小がすべてでございましてな。古一の奉公人ではありますまい。対馬藩の家臣と思えるが番方らに今日にも調べさせます」

「四郎兵衛様、玉蘭の剣風と似た剣技の持ち主にございました」

「異国の、朝鮮の剣技を仕込まれた者という判断ですかな」

「まずこれだけの剣技を習得するには何年もの修行が要りましょう」

しばし沈思した四郎兵衛が、

「神守様、番方とも話し合いました。古一喜三次の狙いは別にして、対馬藩宗家の重臣、朝鮮通信使来聘御用掛の娘の御門玉蘭の辻斬りをこのまま野放しにしておいてよいものかどうか。対馬藩に迷惑がかからぬよう、老中松平定信《さだのぶ》様のお耳に入れて然るべき措置《そち》を願おうかと考えております」

老中から在府の宗義功へそれとなく注意が喚起《かんき》されるという四郎兵衛の決定を、幹次郎はただ頷いて聞いた。

「この際だ、うちも対馬藩にだれぞ潜入させるか、番方」

四郎兵衛が腹心の手下に問いかけた。

「七代目」

と左吉が仙右衛門に代わって応じた。

「そのお役、わっしにやらせてもらえませんかえ。ふたりが摩り替わったのも気づかず、玉蘭姫を入堀で取り逃がしたのも悔しいや」

「対馬藩邸に入り込む手蔓《てづる》はお持ちか」

「なんとか工夫を致しましょうか」

「ならば頼もう」

左吉が腰に下げていた矢立《やたて》を外すと懐紙《かいし》にさらさらと若い衆の顔の特徴を写し始めた。さらに大小の特徴をその傍らに描き加えた。

「左吉さんにそのような特技がございましたか」

四郎兵衛が左吉の手元を見て驚きの様子を見せた。

「七代目、身代わりの仕事、それはできません、これはできかねますではまんまの食い上げでございますよ。一応なんでも齧《かじ》っていねえとできねえ仕事なんでございます」

苦笑いする左吉に、

「左吉さん、わっしらにも一枚描いてくださいまし」

と仙右衛門が願った。

「お安い御用でございます」


幹次郎が左兵衛長屋に戻ると、庭の梅はいつの間にか花の季節を終えて、青葉に変わっていた。

「若衆侍の尻を追ってまた徹宵かい」

と井戸端で朝餉の仕度をする髪結のおりゅうが幹次郎に声をかけた。

おりゅうは吉原出入りの老練な髪結だ。仮宅商いの今も仕事を失うことなく、大川の両岸に散った見世を回って忙しく仕事をしていた。

「いかにもさようだ」

「なんだか、声まで疲れていなさるよ」

「おりゅうどの、武家を狙う若衆侍にはくれぐれも注意するように出入りの見世の帳場に伝えてくれ」

「あいよ」

幹次郎は井戸端の桶に水を張り、顔を洗った。

「季節が移ろうたかのう、水がなんとのう温かく感じるわ」

「桜の便りがさ、飛鳥山《あすかやま》やら上野《うえの》のお山からちらほらと聞こえてくるよ」

「なんとしても花見前に辻斬りを捕まえたいものじゃ」

「神守の旦那、そう気張らずにさ、まずは汀女様に添い寝してもらい、体を休めるこったね。疲れた体で辻斬りに太刀打ちできないからね」

「それがしの顔、疲れて見えるか。ご忠告に従うか」

井戸端のおりゅうに言い残すと長屋に戻った。

「お帰りなさいまし」

と汀女が迎え、

「牡丹屋では内湯を使っておられませぬな」

「それどころではなかったでな」

「本日、午前に甚吉どのとおはつさんから初太郎さんのお宮参りに誘われております。幹どの、体に血の臭いを漂わせて初太郎さんのお宮参りには行かれますまい」

「なに、今日が宮参りか」

幹次郎は忙しさに取り紛れて初太郎のお宮参りを迂闊にも忘れていたことを悔いた。

「幹どの、どうです。花《はな》の湯《ゆ》が店開きしたと皆さんが言うておられます。この足で湯に行かれませぬか。ついでに床屋に立ち寄って髪を結い直して参られませ」

と勧めた。

「湯か、それもよいな」

「おりゅうさんとの受け答えの声を聞いておりますと、幹どのに疲れが溜まっておるのはさっぱりとしております。湯でさっぱりしてこられませ。戻られたら、幹どのの好きな韮《にら》の卵とじの粥《かゆ》を作っておきます」

幹次郎は腰から大刀を抜くと、汀女の差し出す脇差に代えた。湯の道具と着替えの下帯、紙に捻ってあった湯銭をもらい、浅草田町二丁目に再建されたという花の湯に向かった。

先の吉原の大火で飛び火をもらい、花の湯も焼失していた。

左兵衛長屋の木戸を出て、浅草寺奥山《おくやま》に向かう道を横切り、裏路地に入ると平屋の湯屋の煙突が朝の光に眩しく光って見えた。

「御免」

と暖簾を潜ると番台に花の湯のおかみが座って、

「おや、汀女先生のご亭主様」

と迎えた。

「再建なされたと姉様から聞いて参った。おめでとうござる」

「めでたいもなにも本普請じゃあございませんのさ、ともかくこの界隈に湯屋をとご町内の方々にせっつかれての開業ですよ」

幹次郎は汀女の用意したおひねりを差し出した。

「二階がございませんので、ここでお腰の物を預からせてもらいます」

と幹次郎の脇差に目を落とした。

「頼もう」

幹次郎から脇差と一緒におひねりを受け取ったおかみが、

「お気遣いいただき、相すみませんね」

と礼を述べた。

「気遣いとな」

「汀女先生、おひねりに湯銭だけじゃなくお祝いも一緒に包み込んでございますよ」

「おお、それは気づかなんだ」

幹次郎は木の香が漂う脱衣場で徹夜の露で湿った小袖を脱ぎながら、洗い場を見た。町内の男衆や隠居が三、四人、再建された花の湯の洗い場にいた。

「どなた様も御免くだされ」

と幹次郎が入っていくと、

「おや、汀女先生の旦那かえ。会所も辻斬り騒ぎにてんてこまいだね」

と吉原に出入りの貸本屋の銀蔵《ぎんぞう》が迎えた。

「いかにもきりきり舞いさせられておる」

幹次郎はかかり湯を被り、汗を流すと柘榴口《ざくろぐち》を潜った。湯船にはふたつ頭が浮かんでいた。どちらも隠居然とした白髪頭だった。

「おや、汀女先生のご亭主どののご入来か」

この界隈では幹次郎、

「汀女の亭主」

として通っていた。

「いかにも。徹宵明けで湯に浸かりに参った。相湯を願おうか」

と幹次郎が湯船に足を入れると隠居ふたりが交代に上がった。

幹次郎が独りのうのうと手足を伸ばしていると貸本屋の銀蔵が柘榴口から真っ黒に日焼けした顔で姿を見せて、湯船にざんぶと入ってきた。

「銀蔵どのも仮宅を回るのは大変じゃな」

「それだ、おれの贔屓は小見世ばかりだろ。得意先の大半が本所から深川《ふかがわ》だ。重い荷を担いで渡しに乗って向こう岸に渡るのは大門内で商売するのとえらい違いですよ」

とぼやいた。

「神守の旦那、会所が追っているのは女男の若衆侍ってのは、ほんとうの話ですかい」

「なんぞ心当たりがござるか」

「はっきりとしたこっちゃねえがね、北本所表町《おもてちょう》裏路地に、揚屋町《あげやちょう》に楼を構えていた二葉楼《ふたばろう》の仮宅が見世開きしていらあ。この界隈にあるのはこの二葉楼だけだがね、なかなか客が寄りつかねえ。それでさ、主と女将さんが話し合ってよ、いろんな趣向で客を呼び込もうと考えておられるんだ」

「仮宅も場所が悪いとなかなか客を集めるのは難しかろう。なんぞ工夫をなされたか」

「女郎にさ、男の恰好をさせたところ、奇妙なことに繁盛し始めたというこったぜ。おれなんぞわざわざ男の恰好をさせられた女郎なんぞと寝たくないがね」

と銀蔵が言い、両手で湯を掬ってごしごしと日に焼けた顔を洗った。そして、顔を幹次郎に向けると、

「二葉楼に夏芳《なつよし》って太《ふと》り肉《じし》の若い女郎がいるんだがね、近ごろ、この夏芳のもとにすらりとした細腰の若衆侍が通ってくるって話だぜ」

と銀蔵が言った。

幹次郎は桜古がしもぶくれした丸顔で、体つきもふくよかな遊女だったことを思い出していた。

三

浅草山谷町と橋場町《はしばちょう》の境にある玉姫神社は小さな神社で、土地の人には玉姫稲荷として親しまれていた。

初めての子を授かった足田甚吉とおはつの夫婦が、玉姫稲荷を産土神に選んだ理由は、おはつに稲荷信仰があり、初太郎は玉姫稲荷に願をかけて授かった子供だからだった。

天平宝字《てんぴょうほうじ》年間（七五七〜七六五）の創建と伝えられるが、勧請《かんじょう》は不詳《ふしょう》だ。ご神体は狐《きつね》に乗った翁《おきな》の像で、不動院が別当を務めた。

朝湯から床屋に回り、髷《まげ》を結い直して髭《ひげ》をあたってもらった幹次郎は、長屋に戻ると汀女がすでに用意していた粥を食した。その後、鶯色の小袖に袴をつけ、草履も真新しいものを履かされた。

「姉様、なにやらそれがしが七五三の宮参りに行くようじゃぞ」

と春めいた小袖の袖を両手で広げてみせた。

宮参りは男子の場合、生後三十一日に、女子は三十二日に産土の神社に成長の無事と長寿を願うために行った。

だが、幹次郎が相模に出かけていたこともあり、幹次郎の帰府を待って本日足田初太郎の宮参りを行うことになったのだ。

「ようお似合いです」

汀女のほうも幹次郎が初めて見る小豆《あずき》色の江戸小紋を着込んで、晴れがましい。

夫婦揃って左兵衛長屋を出ようとすると長屋のかみさん連が、

「おや、今日は格別にめかし込んでなんぞ祝いごとかね、汀女先生」

「それとも偶さかの休みに芝居見物でも行こうという話かね、うらやましいよ」

などと声をかけてきた。

「皆様、本日は足田甚吉、おはつさんの子、初太郎のお宮参りに玉姫稲荷まで参るのでござる」

「そうか、初太郎ちゃんのお宮参りか。おはつちゃんにおめでとうと伝えてくださいな」

吉原に関わる仕事に就く者ばかりが住む長屋なだけに話が分かりやすかった。

「たしかにお伝え致しますよ」

と汀女が返答してふたりは木戸を出た。

まずは日本堤に出ると山谷堀に架かる土橋を渡り、浅草元吉町の甚吉一家が住まいする久平次長屋を訪ねた。するとこちらも真新しい縦縞の袷《あわせ》を着せられた甚吉が木戸口でうろうろとしており、ふたりを見ると、

「遅いではないか」

とまず文句をつけた。

「さように待たせたか。約定の刻限には遅れておるまいが」

「うちの初太郎の宮参りじゃぞ。このような慶事は何事も朝の内が決まりじゃろうが」

胴間声《どうまごえ》が長屋じゅうに響き渡り、胸の前に初太郎を抱いたおはつが姿を見せて、

「神守様、汀女先生、うちのときたら明け方からそわそわと落ち着かないのでございますよ。まだ寒い内は初太郎が風邪を引くかもしれないし、日が上がってからでいいというのにこの有様です」

と笑った。

「おはつさん、本日はお日柄も宜しく、おめでとうござる」

「幹やん、賀詞《がし》などよいよい、参るぞ」

甚吉が皆をせっついた。

「甚吉どの、おはつさん、幹どのが戻って参られましたゆえ本祝いにございます。お納めくださいませ」

と汀女が熨斗《のし》がかかった包みをおはつに差し出した。

「汀女先生、お祝いなればすでに鯛を頂戴しております。重ね重ねは恐縮でございます」

と遠慮の体を見せる傍から、

「これ、おはつ、だれが祝いを突き返す者がいるものか。姉様の気持ち有難くお受けせぬか」

と甚吉がさっさと包みを汀女の手から奪うように取り、

「うんうん、姉様、気張られたな。一両も包んだか」

と包みを振って中身まで披露した。

「これ、甚吉さん。そのような非礼、初太郎のためにもよくありません」

「おはつ、おれと姉様の仲じゃ、非礼などあるものか。なあ、姉様」

甚吉が汀女に相槌《あいづち》を求めた。

「甚吉どの、いかにもおはつさんの申される通り、初太郎ちゃんの躾《しつけ》に悪しきふるまいでありましょう。また親しき仲にも礼儀ありと申します。甚吉どのもおいおい礼儀を学ばねば山口巴屋様でもどう思われますかな」

「なにっ、姉様。おれの奉公の話が山口巴屋の内証で話題になったか」

「仮宅商いの最中、山口巴屋様でそのような話はございませぬ。ともかく気を抜かずに働きなされ」

「なんだ、そのようなことか。ささっ、玉姫稲荷に行くぞ」

祝い金の包みを懐に突っ込んだ甚吉を先頭にして、初太郎を両腕に抱いたおはつを左右から守るように幹次郎と汀女が従った。

長閑《のどか》な日差しの舞い散る山谷町を抜け、小塚原縄手《こづかっぱらなわて》と呼ばれる千住大橋への道を横切ると急に田圃が広がった。

「気持ちがよいな、幹やん、姉様、豊後竹田城下外れの景色を思い出さぬか」

「ご城下を山また山が取り囲む竹田と江戸外れではまるで景色が違おう。じゃが、この春うららの風景がわれらの幼き日を思い出させぬこともない。三人して遥《はる》けくも長い旅路を歩いてきたものよ」

「姉様の手を取って、幹やんが岡藩を逐電してどれほどの歳月が過ぎ去ったかのう」

「安永《あんえい》五年（一七七六）の夏ゆえ十二年も前の話か」

「幹どの、甚吉どの、私どもの歳を数えるような話はよしになされ。本日は初太郎ちゃんのお宮参りですよ」

と汀女がふたりの男に小言《こごと》を与えたとき、玉姫稲荷の鳥居前に五人は出ていた。

「おおっ、神官さんが待ち草臥《くたび》れた顔で待っておられるぞ」

甚吉がばたばたと草履の音を鳴らして社殿へと駆けていった。

「なんとも気忙《きぜわ》しい初太郎ちゃんの父様《ととさま》であろうかな」

と汀女が呆《あき》れ、

「歳を取るほどひどくなるようです」

とおはつも苦笑いした。

幹次郎らは手水舎《ちょうずや》で口を漱《すす》ぎ、手を清めた。汀女が紅葉《もみじ》のような初太郎の手にもかたちばかり清水をかけて清めて、四人は拝殿に進んだ。するとすでに拝殿に上がり込んでいた甚吉が、

「狐に乗った爺様《じいさま》が待ち草臥れておられるぞ」

と幹次郎らを忙しくも手招いた。

玉姫稲荷を東に向かったところに妙亀山総泉寺《みょうきざんそうせんじ》があって、その東の隅田川に

向かって広がる大門通りの左右に川魚料理屋が何軒か暖簾を掲げていた。

甚吉とおはつは、この一軒の橋甚《はしじん》に祝いの席を設けていた。

玉姫稲荷で無事に宮参りを済ませた一行は、その足で橋甚の座敷に上がり、祝いの膳を囲むことになった。

花の季節が過ぎた梅の木のある庭に面した座敷だった。

甚吉が幹次郎と汀女の盃を満たし、幹次郎が銚子を手に甚吉とおはつの盃に酒を注いだ。

「宮参りを無事に終え、足田家の弥栄《いやさか》祝着《しゅうちゃく》至極にござる。足田初太郎が健やかに育つことを願って祝いの酒を呑み干そうか」

それぞれの思いを込めて盃の酒を呑み干した。

「お日和もようてようございました」

にこにこと上機嫌の初太郎を眺めて汀女が言葉を添えた。

「ささっ、ご馳走を初太郎も頂戴しましょうかね」

おはつが慈姑《くわい》にかたちばかり箸《はし》先をつけて初太郎の口に持っていった。

「七つまでは神のうち」

七歳になるまで子は神と同じという言葉があった。そのために名がつけられるお七夜《しちや》、初外出、宮参り、お食い初め、初正月、初節句、初誕生と生育の儀礼があった。さらに三つの髪置《かみおき》、五つの袴着《はかまぎ》、七つの帯解《おびとき》を経て、神を離れていくのだ。

おはつが生後百日に行う食い初《ぞ》めの真似ごとをして、無事な成長を願った。

庭先から鶯が初々しくも下手な鳴き声を上げた。まだ子鶯であろうか。

ホーホケと　鳴く鶯に　祝い箸

ふと幹次郎の脳裏にこの言葉が浮かんだ。

「幹どの、初太郎ちゃんを祝う句が浮かびましたか」

「姉様は油断も隙もないな」

と頭の中を見透かされた幹次郎が苦笑いした。

「披露なされ」

「姉様、思いつくままの言の葉じゃが、初太郎の祝いゆえ恥を忍ぼうか」

帳場から懐紙と筆硯《ひっけん》を取り寄せた幹次郎が咄嗟に浮かんだ五七五を記して汀女に見せた。

「ホーホケと　鳴く鶯に　祝い箸。甚吉どの、初太郎ちゃんの祝い、できましたぞ」

と年上の女房が褒めて甚吉に見せた。それを受け取った甚吉が、

「幹やんの発句ではいささか軽いな。姉様、なんぞ絵を加えてくれぬか」

と願った。

「墨一色ではお宮参りの景色が寂しゅうございますかな、座興ゆえ許してもらいましょうかね」

小筆を取った汀女が硯《すずり》の墨の濃淡を筆先で加減して、狐に跨《またが》った初太郎と、甚吉とおはつの夫婦がその両脇に寄り添う姿が描き込まれた。

最後に幹次郎と汀女が名を加えて甚吉に渡した。

「よし、これで初太郎も無事に育とう。あとはこの甚吉の奉公先が定まることが大事じゃぞ、のう、幹やん、姉様」

と甚吉はこの日何度目かとなる言葉を繰り返した。


その夕方、幹次郎は会所の若い衆の金次を従えて、竹町《たけちょう》ノ渡し船に乗り、大川対岸の北本所表町の裏路地に足を踏み入れた。里人《さとびと》に達磨《だるま》横町《よこちょう》と呼ばれる一

角だ。

貸本屋の銀蔵の話を確かめてみようと思ったのだ。むろん大川を渡るについて七代目の四郎兵衛と相談していた。

「すらりとした細腰の若衆侍が二葉楼の仮宅に通ってくるですと。それにしても研造《けんぞう》旦那、女郎に男の恰好をさせるなんて奇妙なことを考えなされたもんだね。仮宅も北本所表町にぽつんと一軒離れているんじゃあ、客も訪ね辛《づろ》うございましょうから、いろいろと頭を捻ったんでしょうな。まあ、仮宅の間は各見世がどんな工夫を凝らそうと会所も大目に見ましょう。研造旦那も吉原の仕来たりを忘れたわけではございますまいからな」

研造とは二葉楼の楼主だった。

裏路地の奥にそこだけ、ぼおっとした赤い灯《ひ》が点って客を呼んでいた。

幹次郎と金次が二葉楼の張見世を覗くと、紫地の長襦袢を着せられ、若衆髷に結われた女郎が格子窓の奥から見返し、

「なんだ、会所のお侍と金公かえ。会所の長半纏《ながばんてん》着てさ、まさか私たちを買いに来たんじゃあるまいね」

と年かさのひとりが嫌味を言った。

「そう言うねえ、こっちも男の形をさせられた女郎のいる仮宅なんぞに面を出したくねえや」

と金次が相手に合わせて冗談で応じ、

「夏芳はおまえさんだね」

と丸ぽちゃの若い女郎に声をかけた。

「いかにも夏芳でありんす」

と答える若い女郎の傍らから年かさの女郎が、

「このうすら寒い恰好でありんす言葉もなんだか侘《わび》しいよ」

「だがよ、その恰好に惹《ひ》かれて客が集まるというじゃないか」

「この刻限じゃあ無理だがね、あと一刻半もすると吉原じゃあ見かけない連中が姿を見せるよ」

頷いた金次が夏芳に、

「夏芳、ちょいと神守の旦那がさ、話があるとよ」

と命じた。

幹次郎は、腰から無銘の刀を抜いて暖簾を潜った。すると二葉楼の主の研造がいて、

「神守様、厄介ごとかね」

と表の会話を聞いていたらしく確かめた。

「旦那どの、厄介ごとかどうか夏芳さんと話をさせてくれぬか」

「それは構わないがさ、四郎兵衛様はなんぞうちのことで言ってなかったかい。どうせ女郎の形のことを訊きに来たんだろう」

四郎兵衛が幹次郎を差し向けた理由を先回りして案じた。

「旦那どの、七代目は仮宅の間はなにごとにも目を瞑ると申されておられましたぞ」

「有難い」

研造が素直に喜んだ。

「すまぬが夏芳さんとふたりきりで話がしたい、座敷を借り受ける」

「まだ宵の口だ。四半刻や半刻ならお好きなように」

と夏芳を張見世から呼び寄せて二階の狭い座敷に案内させた。

四畳半の座敷にすでに布団が敷かれ、わずかに残った一畳半に火鉢が据えられて、紫色の紙を張られた行灯の灯りが部屋を照らしてなんとも奇妙な雰囲気を醸し出していた。

「早く吉原に戻りたい」

ふたりだけになった夏芳は下町訛りで言った。

「そなた、江戸生まれか」

「訊いてほしくなかったな。深川と境を接した本所徳右衛門町《とくえもんちょう》の生まれ」

徳右衛門町は竪川《たてかわ》沿いの南側に広がる界隈だ。

「わたし、こんな恰好のところを知り合いに見られたくないもの」

「夏芳さん、嫌な話を訊くかもしれぬ。人の命がかかったことゆえ正直に答えてくれぬか」

「どんな話」

夏芳が不安げな顔で訊き返した。

「そなたのもとに若衆侍が通ってくるというが真か」

夏芳が、やはりそのことかという険しい表情に変わった。

「その者、女ではないか」

「会所では許されないの」

「七代目はこう申されておられる。仮宅の間はすべて目を瞑るとな。ただ今は再建なった吉原に戻ることが大事なのだ」

「目を瞑るのね」

　と念を押した夏芳が、

「うちの客の半数が女男よ。あの侍もそのひとり」

「名はなんと申す」

「御門玉蘭」

　幹次郎がふうっと息を吐いた。

「これまで幾度登楼なしたな」

「三度、いや、四度」

「次の約定はあるか」

　夏芳は顔を横に振った。

「だけど、数日内に来ると思う」

「確信があるのだな」

「肌合いが合うというもの、きっと来るわ」

　と答えた夏芳が、

「玉蘭様、異人の血が流れていない」

「あの者がそう申したか」

「いえ、なんとなくそう感じたの」

幹次郎は曖昧《あいまい》に頷いた。

「わたし、どうすればいいの」

「これまで通りに応対してくれればよい、これまでと変わった態度や表情を出してはならぬ。そなたの身はそれがしがなんとしても守る」

「それほど危険な人なの、きっとそうなのね」

と自問自答した夏芳は、

「玉蘭様ほどの床上手《とこじょうず》はいないわ、男のだれも敵《かな》わない。わたし、あの人と床入りするのが怖い」

と呟いた。

四

二葉楼は北に寄合席五千石巨勢《こせ》十左衛門《じゆうざえもん》の下屋敷に接し、東は神宮寺《じんぐうじ》の壊れかけた土塀に隣接する一角にあって、昼間この界隈に迷い込んだ者は、まさか吉原の仮宅がこのような場所にあろうとは考えもしないだろう。

そんな侘しさと寂しさが漂う裏路地だった。

北本所表町は万治《まんじ》二年（一六五九）に武家地になるまで本所村と称していた。だが、武家地に召し上げられ農耕が困難になったために代官伊奈半左衛門《いなはんざえもん》に訴え、居屋敷の分を町屋に取り立てることになった。さらに正徳《しょうとく》三年（一七一三）に町奉行と代官の両支配になった。

幹次郎と金次は、寺領の狭い神宮寺の傾いた山門脇の小屋に見張り所を設けて、夏芳のところに御門玉蘭が姿を見せるのを待った。

無為《むい》な日が二日三日と過ぎて、四日目の昼過ぎ、四郎兵衛が宗吉《そうきち》を伴い、ふらりと神宮寺の見張り所を訪れた。

「お見廻り、ご苦労に存じます」

「なんの、神守様の苦労に比べれば、牡丹屋の舟に乗って大川を渡っただけにございますよ。それにしても竹町ノ渡しの傍にかようにうら寂れた一角がございましたか」

四郎兵衛が小屋の中から達磨横町を眺めて呆れたように言った。

この天台宗神宮寺は昔は寺男も雇っていたか、そのころの名残の小屋だった。

三畳ほどの板の間と土間があって、幹次郎と金次は夜分交代で見張りにつき、その間にひとりが仮眠した。ともかく雨風寒さが防げた。

汀女が頼んだ着替えや山口巴屋からの重箱を宗吉が運んできてくれたおかげで、小屋の中に煮しめの匂いが漂った。

板の間に腰をかけた四郎兵衛は金次と宗吉を小屋の外に出した。

ふたりだけになって、四郎兵衛が煙草入れから煙管を抜いて刻みを詰めながら、

「老中松平様にお目にかかりました」

と幹次郎に言った。

「定信様は京を襲ったどんぐり焼けの復興を直接指図するために上京なさるとか、その準備の最中になんとか時間を作ってもらい、対馬藩宗家の重臣御門家の玉蘭の行状を訴えましたところ、非常に驚かれましてな。本来なれば今年朝鮮通信使一行が江戸に見えるのだが、それが延期になったばかり。かような時期にまたなぜそのような行状を繰り返すか、と申されましてな、早速宗義功様と面談致すと約定なされました」

老中松平定信に釘を刺された以上、藩主宗義功としてもなんらかの処置を取らざるを得ないことになる。

「松平様のお話によりますと、宗家の当代義功様は十一代義功様（猪三郎《いさぶろう》）の身

代わりにて、真実は弟の富寿《とみひさ》様とか。兄の義功様が病死したのを幕府にも秘して、十六歳の富寿様が義功を名乗っておられるそうな。定信様はそのことをちらつかせながら早急の解決を迫られたそうにございます」

「それは宗家にとって不都合極まりない話にございますな」

「今ひとつ、向柳原の屋敷に潜り込んだ左吉さんから連絡がございました。神守様が始末なされた若衆侍、玉蘭姫の従兄弟《いとこ》にて御門佐素奈《さすな》という者にございますそうな。玉蘭姫と佐素奈は兄妹のように格別の仲とか。また佐素奈は、宗家にて高麗人参を朝鮮から輸入する役目を負っておりまして、屋敷内ではなかなか羽振りがよいそうでございます。玉蘭姫は、佐素奈の死を聞いて、神守許すまじと柳眉《りゅうび》を逆立てておったそうにございます」

「外堀内堀とあれこれ埋め立てられては、夏芳さんに会いに来る余裕はございますまいか」

「このように追い詰められたときほど、人というもの、不思議なことに危険を敢《あ》えて冒《おか》すものにございますよ。私は、夏芳のもとに必ずやってくると思いますな。今晩か、遅くとも明晩が勝負とみました。しばらくこの小屋で辛抱くだされ」

四郎兵衛が言い切り、見張り続行を命じた。

四郎兵衛と宗吉が戻ったあと、幹次郎と金次は交代で北本所荒井町《あらいちょう》の湯屋に行くことにした。

汀女が宗吉に持たせてくれた下帯と着替えを持って初めての湯屋の暖簾を搔き分けると、昼下がりの刻限だ。

客は隠居然とした年寄りがふたり、湯船に白髪頭を浮かべているばかりで、幹次郎も久しぶりにのんびりと手足を伸ばし、さっぱりとした気分で神宮寺の小屋に戻り、金次と交代した。

二葉楼は昼見世を終えた頃合で、女郎たちも町の湯屋に行くのか、朋輩と連れ立って出かけていった。

ゆるゆるとした時間が流れ、達磨横町に物憂《ものう》い物売りの声が響いた。

「すしや、こはだのすーし、買わんかね」

吉原被りにし、唐桟の粋な形をした兄いが肩に折《おり》を何段も重ねて担ぎ、鮓《すし》の振り売りに来た。すると二葉楼に残っていた女郎衆がひとつ四文から八文の値の鮓を買った。そんな女郎の中に夏芳の姿もあって、通りで無邪気に鮓を頬張り、笑みを見せていた。

昼下がりが過ぎて、達磨横町に二葉楼の赤い灯が点された。

四郎兵衛の予言通り、四つ前の刻限、若衆姿の御門玉蘭がふいに達磨横町に現われ、迷うことなく二葉楼の暖簾を分けた。

玉蘭が登楼すると泊まりになり、一睡《いっすい》もすることなく夏芳を責め続けて八つ半には引き上げるという。

「神守様、七代目に知らせますかえ」

「願おう。だが、会所もただ今人手不足、玉蘭の始末、それがしひとりでつけると伝えてくれ」

「合点承知にございます」

金次が姿を消して、幹次郎は小屋の中を片づけた。そして、いつでも出かけられるように身仕度を整え、待った。

夜半九つを回った刻限、胸騒ぎを覚えた幹次郎は刃渡り二尺七寸の剣を腰に差して小屋を出た。するとすでに戸を下ろしていた二葉楼の潜り戸が静かに開き、達磨横町に灯りが流れた。

幹次郎は傾いた山門の闇に体を寄せた。すると御門玉蘭が細身を現わし、路地の左右を睨むと巨勢家の塀伝いにすたすたと大川端の方角へと歩き出した。

幹次郎は直ちに後を追った。

その直後、
げえぇっ！

と女の悲鳴が達磨横町に起こり、

「た、たいへんだよ、夏芳が殺されたよ！」

という遣手らしいだみ声が響き渡った。

「しまった」

幹次郎が夏芳に接触したことを玉蘭に悟られたか。

幹次郎は二葉楼に駆けつけたい気持ちを抑えて玉蘭を追った。

巨勢家の塀に沿って曲がると、殺しが発見されたというのに玉蘭は悠然と大川端に向かって歩いていく。

巨勢家の塀外の四周《まわり》には幅一間ほどの石組みの疎水が流れて、ちょろちょろと音を立てていた。

深夜のことだ。往来する人とてない北本所表町に振袖姿の玉蘭が月光に浮かび上がっていた。

幹次郎はひたひたと間合を詰めた。

巨勢家の塀が途切れ、道は塀に沿って北へと曲がる。疎水も塀に沿って直角に折れて、そのために水音が高く響いていた。

うーむ
幹次郎は道を曲がって立ち竦んだ。

玉蘭の姿が掻き消えていた。

気づいていたか。

幹次郎は静かに鯉口《こいぐち》を切ると、疎水に沿って進んだ。

巨勢家の敷地から老松《おいまつ》の太枝が疎水の上に差しかかっていた。

枝がわずかに揺れていた。

「御門玉蘭、夜の徘徊も今晩かぎりとせえ」

枝がゆさゆさと揺れて、笑い声が起こった。

「わが従兄弟、佐素奈の仇、討つ」

「それがしも、新橋五郎蔵どの、法村参之丞どのの仇を討ち果たす。また今晩、懇《ねんご》ろの夏芳さんを手にかけたようだな、許せぬ」

「夏芳め、私を裏切りおった」

「勘違い致すでない。吉原女郎の言葉は、真が嘘、嘘が真の世界。客のだれもがそのような言葉に惑わされはせぬ。嘘と承知で遊ぶのが吉原の粋じゃぞ」
「女郎をどのように唆《そそのか》したか知らぬが、神守幹次郎、許せぬ」
枝が揺れて、振袖が、
ぱあっ
と微かな月光が差す虚空に舞った。
幹次郎は、
「うむ」
と夜空に広がった振袖を見た。
背後から殺気が襲ってきた。
幹次郎は躊躇《ちゅうちょ》することなく前方へ背を丸めて走った。虚空から玉蘭が襲いくることを考えつつ、枝の下を走り抜け、さらに十間（約十八メートル）ほど走ったところで、
くるり
と反転した。
老松の太枝の下に人影が立っていた。
玉蘭ではない、別の人物の影だった。

「海坂玄斎、やはり、玉蘭と仲間であったか」

幹次郎は老松の太枝に玉蘭の姿がすでにないことを認めると海坂玄斎に向かって戻っていった。

「御門玉蘭と海坂玄斎を結ぶ人物は、山城金紗縮緬を商う古一喜三次とみた。さらにはその背後に田沼意次様の時代を慕う残党の影が蠢いておるか」

「吉原裏同心、ちと目障りかな」

海坂玄斎が腰の一剣を抜いた。定寸の二尺三寸（約七十センチ）か。

幹次郎はさらに間合を詰めた。すると老松の太枝に玉蘭が着ていた振袖がかかり、夜風にふわりふわりと揺れているのが見えた。

玄斎から一間半のところで歩を止めた。

「夢幻一流とやら、拝見致そうか」

「そなた、眼志流居合を遣うそうな」

相手が八双《はっそう》に剣を立てた。

「承知の口ぶりじゃな」

「知らぬ。じゃが、居合はどれも一の太刀を外せば終わりよ」

「さてどうか」

幹次郎は刃渡り二尺七寸の刀を抜き、上段に突き上げるように構えた。

「うーむ」

海坂玄斎が訝しげな顔をした。

「得意の居合術を捨てたは、海坂玄斎を見縊《みくび》ってのことか」

「さてのう」

八双に立てた海坂の剣がゆっくりと下段に向かって回転を始めた。

幹次郎の視線を刃に引きつけるような回転だった。

脇構えから地擦りに落ちてゆるゆると半円を描き終わり、ふたたび左脇を上昇し始めた。

幹次郎の腰が沈んだ。

きえっ！

夜の静寂《しじま》に怪鳥《けちよう》の鳴き声にも似た気合が響き渡り、その気合に釣り出されるように円運動を中断した海坂玄斎が突進してきた。

その瞬間、幹次郎はその場で跳躍していた。

海坂玄斎の剣が、幹次郎の立っていた虚空を鋭くも斜めに斬り下げた。だが、そのとき、幹次郎の体は老松の太枝を越えて高みにあり、ちぇーすと！
の声と共に無銘の豪剣が振袖のかかった太枝を、
ばさり
と斬り割ると、そのまま海坂玄斎の脳天目がけて斬り下ろした。
玄斎は無益にも虚空を斬ったと知ったとき、直ぐに刃を引きつけ、頭上から襲いくる幹次郎を斬り上げようと試みた。
だが、玄斎が考えたより頭上からの打撃は速く、なにより幹次郎が斬った老松の太枝と振袖が邪魔をして幹次郎の刃を隠していた。
くそっ！
と呻きつつ、身を横にずらした。
太枝が今まで玄斎がいた場所に落ちて、
ふわり
と振袖が虚空に舞い残った。
おっ
と驚きの声を発しつつ、幹次郎へ斬り上げた。
だが、反撃の時、すでに遅かった。

玄斎の脳天を重くも鋭い刃の打撃が捉えて、玄斎の体をその場に押し潰して転がし、その勢いで玄斎の体は疎水に転げ落ちた。

ふわり
と幹次郎が地面に叩きつけられる衝撃を吸収するために膝を屈して舞い降りた。

「おのれ、薩摩示現流の遣い手か」

疎水から玄斎の呟きが漏れて、ことりと息絶えた。


二葉楼に戻ったとき、金次が土間に立ち竦み、二階から漏れる泣き声を黙然《もくねん》と聞いていた。

「夏芳さんは身罷《みまか》ったか」

「あやつに絞め殺されたのでございますよ」

予測されたことだが、幹次郎は衝撃を受けた。夏芳の身を守ると約束しながら命を落とさせてしまったのだ。

「まさか見世の中でそのような所業に走るとは、迂闊であった」

騒ぎに巻き込まれたくない客が急いで楼を逃れ出て、見世には二葉楼と関わりのある遊女や奉公人しかいない様子だった。

「どう致しましょうか」

「ご苦労だが今一度会所に立ち戻り、四郎兵衛様に報告してくれぬか。後始末は会所でつけねばなるまいからな」

「へえ」

ほっとした様子の金次が飛び出していこうとして幹次郎を振り向き、

「神守様は玉蘭を追っていかれたので」

「いかにもさよう。あの者を尾行しようとしたときに、楼から悲鳴を聞いて中の様子は察していた」

「玉蘭はどうなりましたので」

「あの者、ひとりではなかった」

金次におよその事情を告げて四郎兵衛に報告するように願った。頷いた金次が二葉楼の仮宅を飛び出していった。

幹次郎は泣き声が漏れる二階への階段を上がった。すると数日前夏芳と会った座敷に朋輩女郎や楼主夫婦に奉公人ら全員が集まり、布団の中に横たわる夏芳を放心の体で囲んでいた。

旦那の研造が幹次郎を見た。

「神守の旦那、油断した。まさか女男がこんな真似をするなんて思いもしなかった」

「いや、それがしも夏芳さんに話すのではなかったと後悔しておるところだ」

「夏芳ったら、神守様の忠言に逆らってあの若衆侍に辻斬りの話をした様子なんでございますよ。私の耳に、おのれ、客を裏切ったか、と逆上した女男の声が聞こえて夏芳に乗りかかり首を絞めるところに私が飛び込んだんだが、あの若衆の力の強いことったらないよ。私はあの襖《ふすま》のところまで跳ね飛ばされてしまったんだ。その間にあやつが、さっさと逃げやがった」

遣手のしわがれ声が幹次郎に報告した。

「神守様、この仇を討っておくんなせえ」

「必ずや」

と幹次郎は力なく二葉楼の主の研造に答えていた。

幹次郎は孤影を曳《ひ》いて大川端に出た。すると後ろからひたひたと尾行してくる気配がした。だが、殺気は感じ取れなかった。

竹町ノ渡し場で幹次郎は振り返った。

「そなたか」

いつか浅草御蔵前通りで裸馬に乗せられ刑場に向かう罪人を見送っていた婀娜っぽいつぶし島田の女が立っていた。

「見たよ。おまえさん、噂以上に凄腕だね」

海坂玄斎との戦いを見たのか、そう言った。

「なんぞ用事か」

「錆槍《さびやり》の穂先に腹を何度も抉《えぐ》られた兄さんは悶え苦しんであの世に旅立ったよ」

「それに値する罪咎《つみとが》を犯したのであろう。野次馬が、なんでも仏具屋の主人を殺したとか申していたが」

「違う、兄さんは身代わりに立っただけだ」

「ほう」

と応じた幹次郎は、とても職人とは思えなかった男の風貌を思い浮かべていた。

「それがしになんぞ用事か」

「頼みがある」

「ただ今吉原会所は猫の手も借りたいほどに忙しい」

「相手が古一喜三次と関わりがあると言ってもかい」

「そなた、われらがだれと戦《たたこ》うておるか承知でそれがしを尾行してきたか」

つぶし島田が頷いた。

「聞こう」

「舟を用意してあるよ、舟中で聞いておくれな」

「そなたの名は」

「壺《つぼ》振りのお千《せん》様だ」

「どこへなりと連れていくがよい」

お千が先に歩き出した。すると体から伽羅《きやら》の匂いが漂ってきた。

第五章　壺振りお千

一

神守幹次郎は、箱行灯に照らされた盆茣蓙《ぼんござ》の上に行き交う駒札の流れが頬の垂れた大店の主風のもとに集まる光景を、殺気立った人々の背の間から見ていた。

男はひたすら半目に賭《か》け続けて勝ちを得ていた。

ひと勝負が終わり、虚脱した空気が流れ、客の何人かが盆茣蓙の前から下がった。そして、新たな客が空いた席に座った。

壺振りが男から女に代わった。

小袖に仕立てた更紗《さらさ》をきりりと着込んだお千が客の視線を集めて片肌を脱いだ。

すると胸に巻いた真っ白な晒《さら》しが目にも鮮《あざ》やかに客の前に現われた。

お千が両手を大きく広げて盆茣蓙の客に挨拶し、

「不束《ふつつか》ながらお千が壺を振らせていただきます。どなた様も宜しゅうございますか」

「お千さん、言うには及びませんよ。ツキのある内に勝負を始めてもらいましょうかな」

駒札を膝の前に積み上げた、頬が醜《みにく》く垂れた初老の男が応じた。

頷いたお千が器用な手つきで左手に壺を摑み、なにも入っていないことを客に示すと、盆茣蓙の上に転がっていたふたつのさいころを鮮やかな技で掬い取った。そうしておいて壺を虚空で振り、さいころの音を響かせた。

お千の目が盆茣蓙の客の間を流れて、無音の気合を示してさいころを虚空に投げると右の掌《てのひら》で受けた。

「どなた様も勝負宜しゅうございますな」

と改めて告げたお千の右手からさいころが壺に抛《ほう》り込まれ、艶《えん》な動きを示して、発止！

とばかりに盆茣蓙の上に叩きつけられた。

客の前から駒札が流れて、丁目と半目に賭けられた。

最前から勝ち続けていた頬の垂れた男は山積みの駒札を押し出し、

「半」

と宣告した。その半目に何人かの客が乗った。

「丁方、ございませんか」

と片手で壺を押さえた姿勢のお千の視線が丁半の駒札が揃うように客の間を行き来し、ひとりが、

「潮目が変わってもいい頃合だ」

と自らを鼓舞《こぶ》するように呟くと駒札を丁目に賭けた。

「丁半、揃いましてございます」

お千が宣告し、壺を押さえていた白い手が翻ると壺が振り上げられ、

「一々《ぴんぴん》、ぞろ目の丁にございます」

と丁の勝ちを告げた。

頬の垂れた男が罵《のの》し声を上げてお千を睨んだ。

だが、勝負はついていた。

駒札が流れ、また新たな勝負へと客と壺振りの駆け引きが始まった。

幹次郎を自ら漕《こ》ぐ猪牙舟に乗せて、壺振りのお千が案内したのは新堀川《しんぼりがわ》が江戸内海へと流れ込む河口の左岸、湊町《みなとちょう》の漁師宿だった。

二階の広座敷をふたつ繋げ、天井から煌々《こうこう》と箱行灯が灯りを投げて盆茣蓙を白く浮き上がらせた賭場に、商家の主、番頭、僧侶、武家など二十数人の客が集い、夜を徹して大勝負に打ち込んでいた。

胴を取るのは銭函《ぜにばこ》を膝の前に置いた鵜殿《うどの》の壮吉《そうきち》という、品川宿《しながわしゅく》の闇を仕切るやくざの親分だった。

お千がなんの狙いで幹次郎をこの鵜殿の壮吉の賭場に連れ込んだか、幹次郎には推測がつかなかった。

壺振りがお千に代わってから、半目から丁目へと潮目が移り、これまで積み上げていた駒札が、半目で勝ち続けていた男の膝前から見る見る消えていくのを幹次郎はただ黙然と眺めていた。

男は絶えず呪詛《じゅそ》の言葉を吐き続け、頑《かたく》なに半目に拘《こだわ》って勝負を繰り返した。その結果、七、八百両の価値がある駒札が半刻もしないうちに消えていこうとしていた。

閉め切られた雨戸の間から朝の光が差し込んで、もうもうたる煙草の煙と男たちの欲望に彩られた賭場を浮かび上がらせた。

「くそっ」

と最後の駒札が消えたあと、お千を睨みつけて男が立ち上がった。

「今日はお千にいいように弄《いじ》られましたよ」

その言葉にお千は笑みを浮かべて会釈を返し、男は背後に待たせていた用心棒の浪人ふたりを従えて賭場から消えた。

「お千、ご苦労だったな」

と鵜殿の壮吉が壺振りのお千に労いの言葉をかけ、お千が盆茣蓙の前から引いた。

博奕《ばくち》に暗い幹次郎の目にもお千が丁方、半方の客の流れを読みながら壺を振って遊ばせる、

「技」

の持ち主ということが分かった。

頬の垂れた男は勝負の流れに逆らい、半目に拘って負けを繰り返したのだ。

幹次郎はお千が片肌脱ぎの右腕を袖に戻して、身仕舞を整えるのを見て立ち上がった。

漁師宿を出た幹次郎の耳に江戸の内海の波の音が聞こえてきて、朝靄が海から新堀川に押し寄せてくるのが見えた。

「神守の旦那、徹夜をさせたわねえ」

お千が気怠い声で言い、

「山谷堀まで送りますよ」

と言い添えた。

お千の猪牙舟は河口付近の杭《くい》に舫われていた。ふたりは海から町へと這い上がってきた朝靄をついて河口に向かった。すると猪牙が舫われた河岸に三つの人影が待ち受けていた。

瞬く間に七、八百両を失った客に従っていた用心棒侍ふたりと遊び人風の男だった。

「お千、旦那がおめえをお呼びだ。付き合いねえ」

と襟元に片手を突っ込んだ遊び人風の男が顎をしゃくって命じた。

「留《とめ》、おめえも半端者なら壺振りと客が親しくするのはご法度《はっと》くらい分かろうというもんじゃないか」

お千は驚いた風もない。

「旦那の命に逆らう気か」

「おめえの旦那に教えておきな。盆茣蓙の上には丁半ふたつの目があるってな」

「半目に拘った旦那が白滅したって言いたいのか」

「留、分かっているじゃないか」

お千が杭に繋ぎ止めた舫い綱を外そうとすると用心棒ふたりがその前に立ち塞がった。

「旦那が命じたのかえ。素人《しろうと》はこれだからいけないよ。博奕に負けた憂《う》さを女の体で取り戻そうなんて野暮の極みさ」

お千が幹次郎を振り向いた。

「そのほう、お千のイロか」

用心棒侍のひとりが幹次郎に訊いた。

「さてどうかな」

「怪我をせぬうちにこの場から去《い》ね」

「断わる」

なにっ、と驚きの表情を見せた用心棒侍が仲間に合図して幹次郎に迫った。

「川岸《かわぎし》の旦那、やるならさっさとやってくんな。お天道《てんと》様が上がっちゃ厄介だ」

ふたりが無言で刀を抜いた。

「お千さん、下がってくれぬか」

お千が心得て戦いの場から避《よ》けた。

上段と八双に構えたふたりが幹次郎に迫った。

幹次郎は間合を見つつ、機を計った。

ふたりの用心棒が目を見交わして、靍を蹴立てて同時に踏み込んできた。

その瞬間、幹次郎も間合を詰めていた。右手が流れて刃渡り二尺七寸の剣を抜き打つところにふたりが突っ込んできた。上段から落ちるふたつの刃の下を掻い潜った幹次郎の刃がふたりの胴を浅く薙《な》ぐと横手に転がした。

「眼志流流れ胴斬り」

と呟いた幹次郎の切っ先が留と呼ばれた男に向けられた。すると襟元に片手を突っ込んでいた留が、ごくり、と音を立てて唾《つば》を呑み込んだ。

「浅手に止めておいた。医者に連れ込めば、命は助かる」

幹次郎はそう宣告すると無銘の剣を鞘に納めた。

お千が舫い綱を解き、猪牙舟に飛び乗った。

幹次郎も続いて舟に飛び乗ると石垣を手で押して猪牙舟を出した。

新堀川から江戸内海に出たとき、

「お千さん、そろそろ絵解きをしてくれぬか」

「神守の旦那、半目に賭け続けた男が古一喜三次に室町のお店を売り渡した仏具屋東都屋《とうとや》の元番頭の安蔵《やすぞう》ですよ」

「そなたの兄上と曰くがあった者か」

櫓《ろ》を漕ぐお千が胴の間に座り、向き合う恰好の幹次郎に頷いた。

「そなたの兄は仏具屋の主を殺したと野次馬が申していたな。そして、兄者は身代わりに立っただけとそなたは言い返したな」

「東都屋は、小さいが客筋のよい仏具屋で知られていましたのさ。旦那の半右衛門《はんえもん》さんは八代目で商いは番頭の安蔵任せの鷹揚な方でございましたそうな。安蔵はその旦那の人のよさにつけ込んだ。江戸で山城金紗縮緬を売り出したい古一喜三次とは最前の賭場で知り合ったことになってますがね、私の見るところ、古一が安蔵の博奕好きを承知で乗り込んできて、強引に知り合いになったと思いますよ。悪は悪を知るってやつです。それが一年半も前のことでしてね」

舟は大川河口の三角波を乗り切り、大川に入っていった。

お千の櫓捌きは馴れたもので、腰で漕いでいた。

「ここから先は私の推量だが、そう大きく外れてはおりますまい。賭場にかなりの借金をこさえていた安蔵は、東都屋を古一喜三次に売り渡すことを企んだ。だが、企みが成就《じょうじゅ》する前、半右衛門さんが蔵の金子に手を出した安蔵の悪行を偶然にも見つけて責め立て、窮《きゅう》した安蔵が隠し持っていた小刀で主の胸を刺して殺してしまった。蔵の中のこってすよ。それが真実の話にございますのさ」

「なんとのう」

「安蔵はどうしたものかと思案の末に、うちの兄さんの松次郎《まつじろう》のことを思い出した。兄さんは元東都屋の仏壇造りの職人だったんですよ。妹の私が言うのもなんですが、兄さんは仏壇造りにかけては名人肌の職人だったそうでしてね、旦那の半右衛門さんの信頼も厚く、客からも可愛がられておりました」

「手に技を持つ兄上がどうしてやくざの世界に落ちたんだな」

「すべて安蔵のせいですよ。なにを思ったか、兄さんは安蔵から博奕の手解《てほど》きを受けて、博奕に溺《おぼ》れてしまった。仕事が雑になり、店でも悪い評判が立って、旦那に行状が知られてお店を放り出されて、やくざな世界に身を投じていましたのさ。私が何度も安蔵は信用がならないと注意したにも拘わらず、賭場で面倒をみてもらっていた恩義に、気のいい兄さんはなにも安蔵には言い返せなかったんですよ」

「安蔵はそなたの兄上を身代わりに立てたのか」

「いかにもさようです。安蔵は兄さんに因果を含めて小刀を持たせると茅場町《かやばちょう》の大番屋に自首させた」

「主殺しは大罪、死罪と存じておったろうに」

「安蔵は知恵を絞りましてね」

半右衛門の旦那は松次郎の仏壇造りの才を惜しんで密かにお店に呼び、前非《ぜんぴ》を悔いるならお店の奉公人に呼び戻そうとの話し合いを試みた。その席で話がこじれて憤慨《ふんがい》した半右衛門が小刀を持ち出して松次郎に斬りかかり、それを止めようとした松次郎と揉《も》み合いになって、反対に小刀が胸に刺さった。つまり殺しではない――。

「という筋書きを考えましてね、立ち会っていた自分がそうお白洲で証言するからと兄さんを説得したのです。なあに、金子をあちらこちらに届けるから直ぐに牢屋敷から出られるなどと因果を含めて大番屋に自首させたんですよ」

「そなたの兄上もなんという軽率なことを受け入れたものか」

「全くですよ」

と腹立たしげに応じたお千が、

「自首した兄さんを待っていたのは厳しいお調べにございましてね、安蔵は証言するどころか、兄さんに都合の悪いことばかりを役人の前で言って兄さんの主殺しが決まったんです」

「驚きいった話だな」

「神守様、うちの兄さんの人のよいところを安蔵は見切ってとことん利用したんですよ。すでに主を失った東都屋の身代《しんだい》は安蔵に食い荒らされておりましてね、いつしかお店の沽券まで古一喜三次に売り渡されて、主一家は都落ちをし、奉公人はあちらこちらに散り散りになった。そんな最中《さなか》、兄さんの処刑が行われたんでございますよ」

猪牙舟は、すでに両国橋を潜ろうとしていた。

「安蔵は古一喜三次に東都屋のお店を売り渡して、その金子を元手に北新堀町《きたしんぼりちょう》で金貸しを始めました。東都屋の身代は残らず安蔵が乗っ取り、その東都屋に山城金紗縮緬を売る古一が入り込んだ。今もこのふたりは親密な付き合いがあるとみております」

幹次郎はしばし沈思した。

お千も喋り疲れたように黙り込んでいた。

「お千さん、それがしになにをせよと申されるのだ」

「安蔵のどてっ腹に刃を突っ込むか喉元を掻き斬って、兄さんの、東都屋の半右衛門旦那の恨みを晴らしとうございますのさ。だが、安蔵め、いつも用心棒を連れ歩いておりましてね、悔しいが女の私の力では太刀打ちできない」

「用心棒を始末しろと申されるか」

「神守様は遊女衆の味方と聞いております」

「お千さん、そなたは吉原の遊女ではないぞ」

「私がなにをなせば助勢してもらえますか」

「安蔵が用心棒を差し向け、そなたをどこぞに呼び出そうとしたのは、そなたに惚れておるからか」

「どうやらそのようでございます」

「安蔵はそなたが松次郎の妹とは承知しておらぬのか」

「兄さんと私はおっ母さんが違いましてね、別々に育てられたんでございますよ。松次郎が実の兄と分かったのは今から七年前、お父つぁんの弔いの場で顔合わせしたときのことでしてね、そのことはだれにも話していませんのさ。だから安蔵もこのことを承知していません」

「お千さん、安蔵の誘いに乗ってみる気はあるか」

「嫌ですよ、あんな男と床を一緒にするなんて」

「危険を冒さねば、仇は討てぬ」

「神守様はお千にあの男の腕に抱かれよと申されますので」

お千が憤然として言った。

「それがしが陰警固致す」

「神守様が」

「お千さん、仇を討つには身を捨てる覚悟が要る」

お千は幹次郎の意図が分からぬようで黙ったままだ。

「お千さんは、よしんば仇を討ったところで奉行所に引き渡される目には遭いたくはない。で、ござろう」

「兄さんのように錆槍の穂先で腹を抉られて死ぬのは御免にござんす」

幹次郎は頷いた。

「安蔵と古一喜三次にどれほどの付き合いがあるか、それによってはお千さん、それがしばかりではなく吉原会所の力が得られる」

「吉原会所の」

お千の顔がぱあっと輝いた。

「吉原会所はただ今、古一喜三次の一統と戦の最中じゃ。安蔵を通じて古一喜三次の企みが分かれば、安蔵の命をそなたの前に差し出すことなど容易いこと」

と幹次郎が言い切った。

「あの者には、安蔵の用心棒とは比較にならぬ腕利きが従っておる。そなた、竹町ノ渡し近くでのそれがしと海坂玄斎の戦いを見たな」

こっくりとお千が頷いた。

「あの折り、それがしが追っていたのは体の中に異人の血が流れる御門玉蘭と申す若衆姿の女であった。こちらはそれがしが斃した海坂玄斎より何倍も恐ろしい」

「神守様、なにをすればいいのさ」

「なにをしてくれと即答できかねる。吉原会所とそなたが手を組むためには、今しばしの時が要ろう」

「古一と安蔵の関わりを探せばいいのかい」

「それがし、これより吉原会所の七代目四郎兵衛様と話し合い、なにができるか相談申し上げる。そなたと連絡《つなぎ》をつけたいときはどうすればよい」

「北《きた》品川宿の鵜殿の壮吉親分のところに連絡をくれれば、いつでも直ぐに私に伝わるよ」

幹次郎が猪牙舟の行く手を振り返ると、吾妻橋が大きく見えてきた。

二

湯に光が反射してきらきら光っていた。

牡丹屋の湯船に浸かるのは吉原会所七代目の頭取四郎兵衛と幹次郎だ。

「身代わりの左吉さんの真似なんぞ素人がやるから命を失くすことになる」

幹次郎から報告を聞いた四郎兵衛が吐き出した言葉だった。

幹次郎は四郎兵衛の言葉に頷いた。

「身代わりには受けていい仕事と決して手を出しちゃいけない用があるはずでございましょ。左吉さんが奉行所から大目に見られ、知らぬふりをして牢屋敷を出たり入ったりできるのは、人を殺《あや》めたり傷つけたりの身代わりは絶対にご法度と自らに律しておられるからでございますよ」

幹次郎は首肯した。

人の命を奪った罪の身代わりは、いくら万金を積まれても左吉は受けてこなかったという推測はついた。

一方、お上《かみ》も殺人の代役を受け入れることだけは決してしないはずだということは幹次郎にも分かった。

「松次郎さん、ちと考えが甘《あも》うございましたね。番頭の安蔵の言葉を信じたのが間違いの因《もと》だ。こやつ、仏具屋を食い潰し、主を殺し、一家奉公人を路頭《ろとう》に迷わせた。その罪軽からず。このような者が大手を振ってお天道様の下を歩いているのを見逃しちゃいけませんな。古一喜三次と関わりがあるとなれば、うちでこやつらの始末をつけましょうかね」

憤怒の感情を抑えた四郎兵衛が言い切った。そして、

「神守様、この一件、尻に火がつきました。もはや悠長《ゆうちょう》なことは許されませぬ」

「なんぞ動きがございましたか」

「人ひとりを桐生に出張《でば》らせて古一喜三次の身許を調べさせておりました。その者から文が届きましてね。古一喜三次は、西陣の老舗《しにせ》の機屋の旦那が祇園《ぎおん》の女に産ませた子だそうです。生まれた子が男と分かったとき、家に引き取ったそうに

ございます。本妻との間に生まれた男子ふたりとともに、三男として家業に加わらせる腹づもりだったらしい。ですが、喜三次を家に引き入れたことを本妻がよく思わず、物心ついたときから苛《いじ》め倒したらしゅうございましてな、あのようにねじ曲がった性格になったと思えます。その点では喜三次に同情の点がないわけではございません。

喜三次は、十三の春から他の機屋に丁稚《でっち》奉公に出され、西陣織の織と染をとことん叩き込まれた。十年を過ぎたころから、西陣を大きくするのは、古一の妾《めかけ》腹《ばら》のぼんという話が聞かれるようになったようです。それだけに本家にあった惣《そう》領《りょう》息子と次男の心持ちはよくない。あれこれと意地の悪い行いを三男の喜三次に繰り返したようです。喜三次は、父親の旦那が生きておるうちは、じいっと我慢を重ねていたのです。そして、旦那が亡くなった途端、本家に復讐を開始しております」

幹次郎は古一喜三次の過去を聞き届けることに集中していた。集中せねば睡《すい》魔《ま》が襲ってくるからだ。

「神守様、話は直ぐに終わりますからな」

徹夜明けの幹次郎の身を案じた四郎兵衛が笑い、

「旦那が亡くなって三年後、実家の機屋を継いだ長兄が鴨川の浅瀬に身を浮かべた。祇園に遊びに行った帰りのことらしい。懐の財布が見つからないので物盗りに襲われたということで決着がついた。だが、外に出された三男が関わった殺しだという噂もないではなかったそうな。それから七年以上も経ったころ、機屋を継いだ次男が伊勢参りの帰り道に奇禍に遭って殺されなさったそうな」

「喜三次が機屋の旦那を継ぐ御膳立てが揃いましたか」

「はい」

と答えた四郎兵衛が湯から上がった。幹次郎もそれに従い、まず水を桶に汲んで顔を洗い、気持ちをしゃきっとさせた。そして、桶に新湯を張り、四郎兵衛の背に回った。背中を洗い流すためだ。

「毎度造作《ぞうさ》をかけます」

「なんのこれしき」

四郎兵衛が話を再開させた。

「王城の都、京は江戸に比べて見識が高うございます。それに血筋を殊《こと》のほか大事にする土地柄と思えます。喜三次は本家に戻り、新しい主の座に就いた。だが、結局、奉公人職人衆がついてこなかった」

「それが上州桐生に新天地を求めた曰くでございましたか」

「喜三次の狙いはこの江戸です。江戸から京を見返すことにございます。桐生に置いたのは、山城金紗縮緬など織、染の作業場です。商いは公方様《くぼう》のおられる江戸で、と考えてきた節がございます」

「そのために御城近くに暖簾を掲げる要があったのですね」

「いかにもさようです。室町の辻はうってつけの場所、仏具屋の東都屋の内情を探り、頭の黒い鼠の番頭安蔵の存在を知った。悪は悪を知ると申しますか、ふたりは互いに足りないものを補うことで手を握り合ったのでございましょうな」

「御門玉蘭、古一喜三次、安蔵と三人の悪が揃いましたな」

「三人の頭分は古一喜三次と考えてようございますな」

「まず間違いないところ。ただ、こやつと玉蘭が知り合《お》うた経緯が未だ判然としませぬな」

幹次郎は四郎兵衛の言葉を聞いて左吉はどうしておるかと考えた。

「七代目、この古一と一興堂風庵の関わりはどう考えたもので」

「今のところ、その京者《きょうもの》ふたりの接点が見つかりませぬ」

「それがしが古一の旦那に一興堂のことを質したときの表情も鈍《にぶ》いように思えま

した」

「まずただ今の時点では、ないと考えたほうが宜しかろうと思う。偶然かもしれぬが、一興堂風庵も古一喜三次も江戸を支配するために吉原を狙った」

「古一は山城金紗縮緬を江戸に広めるために、まず吉原に足がかりを得ようと考えたのですね」

「江戸での流行りものはすべて吉原から始まると申してても過言ではございませぬ。ために古一喜三次も吉原に、薄墨太夫に狙いを定めておる」

「そのことはなにもお上の、さらには吉原の定法《じょうほう》に反しませぬ」

「ですが、御門玉蘭、金貸しの安蔵と手を組み、海坂玄斎ら刺客を送り込んでくるとなると、私どもも見逃すわけには参りますまい」

と四郎兵衛が言い切った。そして、

「こやつらを一堂に集める手立てはないものか」

と呟いた。

「四郎兵衛様、最前尻に火がついたと申されたのは、決着の刻限が迫ったとの考えにございますな」

「それもございますが、神守様に願いの筋がございましてな」

「別の御用が生じましたか」

「相模から江戸に戻られたばかりの神守様にまた遠国《おんごく》御用とあっては、汀女先生の手前も気が引ける。いや、未だたしかな話ではございませんがな」

「四郎兵衛様、われら夫婦、吉原会所に拾われた身にございます。どうか使い捨てに願います」

「そうもいきますまいが、神守様にとってもご出世のきっかけになるやもしれませぬ」

「出世など考えたこともございませぬ。御用お命じくだされ」

四郎兵衛が顔を幹次郎に向けて、

「四郎兵衛と一緒に京までお供願えますか」

「いつ出立《しゅったつ》と考えればようございましょう」

「老中が江戸を留守にされることなど滅多にございませぬゆえ、いささか仕度に時を要しましょうな」

四郎兵衛が不思議なことを言い出した。

「どなたかのお供でわれら京に上りまするか」

「松平定信様の願いでな、神守様に随伴《ずいはん》の命が下りそうなのです」

「定信様が江戸を留守にして京に参られるのはたしかですか」

「それだけどんぐり焼けの被害が大きかったということです。京の大半を焼失した復興計画を定信様直々に指揮するために京に上られることはたしかです」

頷いた幹次郎は、

「それがし、陸奥《むつ》白河《しらかわ》藩の家臣でも直参旗本でもございませぬ。吉原会所の一雇人に過ぎませぬ」

「いかにもさようです。ですが、神守様は一度松平定信様の隠密御用を賜《たまわ》ったことがございますな」

幹次郎と汀女らは、松平定信の領地陸奥白河に旅して、吉原がかつて定信に贈った愛妾《あいしょう》、側室《そくしつ》のお香《こう》を田沼派の刺客の襲撃から守りながら、江戸まで無事に連れ戻したことがあった。

「あの一件でもお分かりのように幕府の財政改革を推し進められる松平定信様の周りには田沼派の残党をはじめ、敵が多うございます。お香様の強い希望で神守様に陰警固の命が下りそうなのでございますよ」

「それで四郎兵衛様も参られますか」

「このところ京から魔の手が吉原に繰り返し伸びておりますな。ちょうどよい機会、どんぐり焼けが京島原にどのような被害をもたらしたか、私の目で見てこようと思いましてな。神守様、そのようなことになった場合には年寄りの付き合いを願います」

「畏まりました」

四郎兵衛と幹次郎が松平定信の上京に密かに同道するためには、当面の敵を殲《せん》滅《めつ》せねばならなかった。

「神守様、もう一度湯に浸かり、牡丹屋で仮眠なされませ。ここで神守様に倒られると松平の殿様に言い訳もできませぬでな」

と四郎兵衛が命じた。


幹次郎は牡丹屋の二階座敷で夢も見ることなく熟睡した。目覚めたとき、障子の外に提灯の灯りが透けて見え、夜が訪れていた。

幹次郎は空腹を感じながら階下に下りると、身代わりの左吉の声が四郎兵衛の居間から聞こえてきた。

「お邪魔致します」

と障子を開くと左吉が四郎兵衛の酒の相手をしていた。

「左吉どのに働かせて、肝心のそれがしは寝込んでいたとは申し訳ござらぬ」

「神守様、賭場で徹宵をなさったそうな」

「馴染のない鉄火場に気疲れしたとみえてぐっすり眠り込んでしまった」

「賭場にはこれまで出入りをなされたことはございませぬか」

「博奕をするほどの度胸はないでな」

「壺振りのお千に連れていかれたと七代目から聞いて驚きました」

「左吉どのは、お千さんを承知か」

「深い付き合いはございませぬが、鉄火場の控え部屋で無駄話をする程度には承知していますのさ。まさか、お千に兄がいて、さような目に遭っていたとは夢想もしませんでしたよ」

と応じた左吉が、

「松次郎が馬鹿な真似をしたのは、わっしの生業《なりわい》を知っているお千の口から伝わってのことじゃねえかと、後悔してますのさ」

「松次郎は腕のいい仏具職人だったようで、安蔵なんぞの誘いに乗らなければ小塚原に首を晒すこともありませんでした。左吉さんのせいではござらぬ」

「素人は見境もなく突っ走りますからね。ともかく松次郎さんの仇を討つお千の助っ人くらい買って出ますぜ」

と左吉が真面目な顔で申し出た。

「神守様、お酒をお付き合い願えますか」

と四郎兵衛が杯を幹次郎に差し出した。

「七代目の折角の杯、一杯だけ頂戴します」

「一杯だけですとな」

「ぐっすりと眠ったら、どういうわけか腹が減りました。正直申してただ今は酒より御膳がようございます」

わっはっは
と笑った四郎兵衛が上機嫌で幹次郎の杯に酒を満たし、ぽんぽんと手を叩くと奥に向かって幹次郎に膳を運ぶよう命じた。

幹次郎がゆっくりと一杯の酒を呑み干すのを待った左吉が、

「御門玉蘭と古一喜三次は、今に始まった付き合いじゃございませんでしたよ」

と言い出した。

「対馬藩は将軍家襲封《しゅうほう》に際して朝鮮通信使を迎え入れる接待役にございますゆえ、石高十万石格、詰の間は大広間にございますな。この十万石格を支えたのは、朝鮮人参など交易の上がりでございます。御門家は朝鮮通信使来聘御用掛の実務を代々負わされてきた家系、一族郎党は朝鮮の言葉を解し、話すように子供のころから教育されます。玉蘭もまた自在に朝鮮の言葉を操るそうな。この対馬藩の蔵屋敷が京の河原町三条上《さんじょうあが》ルにございますとか。御門家は、京の蔵屋敷の差配も任されて、京との付き合いは深いそうにございます。玉蘭は江戸に出てくる前、京の蔵屋敷に二年ほど住み暮らし、その折り、古一喜三次と知り合い、朝鮮通信使を父親に持つ娘と妾腹の喜三次は、歳が離れていたにも拘わらず互いの立場を理解し合ったようにございます」

幹次郎は四郎兵衛に杯を返して、酌をした。

「これで古一喜三次、御門玉蘭、安蔵の三人の関わりが見えてきました」

「こやつら三人は、おそらく吉原を狙《ねろ》うてあれこれと画策してきたかと考えられます。新橋様、法村様、さらには夏芳の死に関しては責めあり。それぞれの芽を摘《つ》むときが来たようです」

四郎兵衛の命に幹次郎が頷いた。

「神守様、七代目からこやつら三人を一堂に集める手立てはないものかと、相談がございました。今晩、ちょいとわっしにお付き合い願えませぬか」

と左吉が言った。

「どちらへなりとも」

と幹次郎が答えたとき、夕餉の膳が運ばれてきた。

左吉と幹次郎は、牡丹屋の老練な船頭政吉《まさきち》が櫓を漕ぐ猪牙舟に乗り、大川を下って両国橋の先から竪川に入った。一ツ目之橋《ひとつめのはし》を潜り、六間堀《ろっけんぼり》に入り、その途中から五間堀《ごけんぼり》へと移った。

「神守様、この左手の塀が対馬藩中屋敷にございましてね」

と左吉が顎をしゃくった。

月明かりに白い塀が浮かんだ。

「ご存じのように対馬藩の江戸屋敷は、上屋敷が向柳原、中屋敷が五間堀、そして、下屋敷が三ノ輪にございます。七代目が老中松平様に願われ、松平様が対馬藩宗義功様に忠告なされたせいで、御門玉蘭姫の姿はこの三屋敷では見受けられなくなったのでございますよ。とは申せ、あの風貌にございましょう、馬喰町の宿に泊まるわけにもいかぬでしょうな。吉原の仮宅には廻状《かいじょう》が回っております。塒がどこかになければと思うて、あれこれ、探索してみますとな、対馬藩はもうひとつ、隠れ屋敷を密かに所有しておることが分かりましたので」

「それがこの近くでござるか」

「朝鮮国の釜山鎮《プサンジン》というところに対馬藩倭館《わかん》がございますそうな。これは朝鮮通信使を招聘する際に現地にてあれこれと交渉ごとをするために対馬藩の家臣がかの国に常駐せねばならない、そのための朝鮮の対馬藩屋敷と考えてください」

「対馬藩は朝鮮にもそのような館をお持ちなのですね」

「これは幕府が認めた倭館です」

「まさか朝鮮の館がこの界隈にあるというのではございますまいな」

「どうやらそのようで」

舟は五間堀を進み、深川元町《もとまち》の河岸に寄せられた。

深川元町は四周を武家地に囲まれ、その北側で堀留《ほりどめ》になっていた。

「政吉どの、しばらく待ってくれぬか」

「お好きなようにしなせえ。わっちは地震がきても金輪際《こんりんざい》ここを動くもんじゃございませんよ」

と政吉がふたりを送り出した。

河岸道に上がった左吉はあちらこちら見回していたが、深川三間町《さんげんちょう》との間の

路地を見て、

「こっちのようで」

と幹次郎を案内した。だが、左吉も初めて訪ねていく場所とみえて、どことなく不安げではあった。

刻限は四つ前、そろそろ各町内の木戸が閉じられる頃合だ。

左吉の口からぶつぶつとなにごとか呟きが漏れてきた。幹次郎が聞き耳を立てると河岸道の入り口から歩数を数えている声だった。

その声がやんだ。

「ここだ」

すでに表戸を閉ざした店と店の間に幅一尺半（約四十五センチ）ほどの通路が奥へと延びていた。

「このような場所に朝鮮館がございますか」

幹次郎は吉原の蜘蛛道のように狭い路地を見て訝しんだ。

「わっしが対馬藩の裁判《さいはん》って奇妙な役職の爺に酒を呑ませて喋らせた館の場所でございますがな、酒好きな爺侍に騙されましたかね」

と左吉も首を傾げた。

「左吉どの、こうなれば行くところまで行ってみようではないか」

へえ、と答えた左吉の道案内で迷路のような狭い路地を右に左に曲がり、ときには幅一間ほどのどぶ川に架かる橋を渡ってさらに奥へと進んだ。

四半刻も迷路を彷徨《さまよ》ったが、ついに行き止まりで立ち往生《おうじょう》となった。

高い石垣塀に向こうから風が吹いてきて、別の世界があることを示していた。

左吉は行く手を塞ぐ石垣をあれこれと触っていたが、どこかに隠れ扉があるとも思えなかった。

幹次郎はふと足元の土の感触が異なることに気づいた。

「左吉どの、道は地中へと続いておらぬか」

ふたりは狭い路地のどんづまりの地べたを這い回り、仕掛けを探した。

幹次郎が石垣の土台石のひとつを押したとき、どのような仕掛けか、ふたりを乗せた厚板が横にずれて穴が開いていった。

三

ふたりの目の前に朝鮮館が堂々とあった。

土台は石垣を一丈半（約四・五メートル）ほどの高さに積み、その上に漆喰《しっくい》塗りの二階建て、屋根は四方の瓦が反《そ》り上がった造りで、窓は銃眼《じゅうがん》にも似て小さく、厚板に鉄片を打ちつけた頑丈な両扉の門が嵌《は》め込まれていた。

石垣の一辺はおよそ二十数間（約四十メートル）で敷地四百坪を超える、

「城郭《じょうかく》」

ともいえた。これが内城《ないじょう》だ。

朝鮮館の総敷地は千六百余坪ほどか、内城の外に巧妙にも庭石、築山《つきやま》、樹木の数々が配され、異館の存在を隠していた。

館は森閑として物音ひとつしなかった。だが、辺りにぴりりとした警戒の、

「眼」

があることを幹次郎と左吉に教えていた。

「町屋に囲まれてこのような対馬藩朝鮮館があろうとは幕閣の方々も知りはすまい」

左吉が呟き、

「この朝鮮館の大手門《おおてもん》は地下にございますな」

と辺りを眺め回した。

敷地の四周のどこにも大道に通じる出口がないのだ。

幹次郎にもさっき通ってきた迷路のような路地しかこの館に到達する方法はないように思えた。それは人を寄せつけない城郭造りの技であった。

この館の主たる出入り口は館の地下から掘り抜かれた水路にあると、左吉は推量した。

幹次郎も南側に位置する運河の小名木川《おなぎがわ》へと地下水路が館から掘り抜かれていると考えた。

館から犬の吠《ほ》え声がした。

深川元町は三か所に分かれて散っていたが、幹次郎らが忍び込んだ深川三間町に隣接する元町が一番広く、五千余坪ほどあった。

「神守様、わっしの見るところ石垣の内部には中庭がございましてな、館というより砦《とりで》でございますよ。籠城戦すら考えて造られておりますな」

「対馬藩はようもこのような砦を江戸城近くに造ったものよ」

「朝鮮交易が盛んだった時代に豊かな蓄財を傾けて、朝鮮の匠《たくみ》や職人を連れてきて長年かけてこつこつと造らせたものでございましょうな」

「石垣の佇まいから察しても完成から百年やそこいらは過ぎておる」

「御門玉蘭姫が逃げ込むにはうってつけの館ですぜ」

「藩主義功様も当然承知しておられような」

「さてそこですよ、神守様。当代の義功様はただ今十六歳の若い殿様でございましてね、老練な家老や用人が好き勝手をしている様子なんで。ひょっとしたらこの館のこと、知らされていないかもしれませんぜ」

ふたりは敷地の外縁部の築山やら庭木に隠れて一周した。館に切り込まれた両開きの隠し扉があった。最初ふたりが見た北側の両開きの門とは反対側の南にだ。

ただ北と南とでは違うところがあった。南に向かった側には高楼《こうろう》があって、幽《かす》かに異国の楽器の調べが響いていた。

「神守様」

左吉が喜色《きしょく》を見せた。ふたりは築山に身を隠した。

不意に御門玉蘭が細身に朝鮮の衣装チマチョゴリを纏い、高楼に姿を見せた。

薄い月明かりに白くも憂愁《ゆうしゅう》を湛《たた》えた顔が浮かんだ。

幹次郎らが潜む築山からだいぶ離れていたが、幹次郎は玉蘭の姿をはっきりと捉えることができた。

「忍び込んだ甲斐があったというもの」

今ひとり馴染の顔が高楼に立った。長煙管を口に銜《くわ》えた古一喜三次だ。夜目にも紫煙《しえん》が棚引《たなび》き、風に乗って甘い香りが漂ってきた。

「阿芙蓉《あふよう》にございますよ、神守様」

なにごとか玉蘭と古一が話し合い、高楼から姿を消した。

「神守様、この敷地の南側には御三卿《ごさんきょう》の田安中納言《たやすちゅうなごん》様の下屋敷がございますがな、今の田安様の敷地は、元々はこの朝鮮館の敷地とひとつの土地だったのです。御三卿の田安様創家は八代将軍吉宗《よしむね》様の命によるものでございまして、たしか享保《きょうほう》十六年（一七三一）と覚えております。つまりは田安様の下屋敷が建てられるより何十年も前に朝鮮館は建てられております。

もし小名木川までの水路が朝鮮館の地下から通じているとすれば、田安様の敷地の下を通っていることになりますが、それはあり得るのでございますよ」

ふたたび犬の興奮した吠え声がして、敷地の見廻りに出てくる様子があった。

「左吉どの、今晩はこれ以上無理を致すまい。この砦に玉蘭姫が隠れておることが分かっただけでも忍び込んだ甲斐があったというもの。われらも生半可な仕掛けはできぬ。四郎兵衛様に相談申し上げ、吉原会所総力を挙げて対処するしか、玉蘭姫一派を始末する道はござらぬ」

ふたりはふたたび闇を伝い、最初に侵入した五間堀堀留に近い石垣へ戻った。

地面の穴から地下に潜り込もうとしたとき、犬が侵入者の気配に気づいたか、荒い息遣いで迫ってきた。

幹次郎に続いて左吉が地下通路に飛び込み、扉を閉じた。

暗黒の地下通路を五、六間（約九〜十一メートル）歩き、ふたたび石段を上がって迷路の奥側に出た。

幹次郎が先に出て、左吉が続き、ふうっと大きく息をした。

ふたりが迷路を反対に辿り、五間堀へと戻ろうとしたとき、幹次郎は後ろの左吉を制した。表の路地に近づくのか、人の気配を感じた。

足音は三つか。

無言裡《り》にひたひたと近づいてきた。

夜半過ぎのことだ。住人の足取りではなかった。路地へと入り込もうという連中だと幹次郎は確信した。

幹次郎は二尺七寸の剣を抜くと峰《みね》に返して低い姿勢で飛び出した。

黒い影が立ち竦んで幹次郎を確かめていたが、味方ではないと判断して腰の一剣を抜いた。

大きく弧状《こじょう》に反った異国の剣だ。

そのことを確かめつつ、幹次郎は三人の胴を、肩口を峰打ちで強打してその場にどさりどさりと倒した。

左吉が匕首を逆手に出てきて、月明かりで幹次郎が倒した三人を見ていたが、

「ひとりは異人ですぜ」

と呟いた。

幹次郎が最初に仕留めた男は、ふわりとした異国の服を着ていた。

「牡丹屋に連れ戻ろうか」

まず幹次郎が異人の体を肩に担ぎ、

「左吉どの、直ぐに戻って参る。ふたりが逃げ出さぬように見張りを頼む」

と言い残すと堀留の暗がりに舫った舟へと走った。

「待たせたな」

牡丹屋の老船頭の政吉に声をかけると、

「おや、左吉さんはどうしなさった」

「この者の仲間がおるのだ。まずはこやつを舟に転がしてな、左吉どのを迎えに参る」

幹次郎はもう一往復してふたりを左吉と一緒に運んできた。

会所の舟に乗せると同時に政吉が心得て棹を差し、五間堀から六間堀、さらには竪川に出て、ほっと一息吐いた。

「対馬藩もこのところ交易不振に喘《あえ》ぎ、十万石格の体面を整えるのが大変難しくなっておりましてな、向柳原の上屋敷でもそれはそれは厳しい節約を強いられております。また貧すれば鈍《どん》するの譬《たと》え、これに輪をかけて、朝鮮国へ親しみを持つ家臣団とそれに反発する家来衆が血で血を洗う暗闘が繰り返されておりますのさ」

対馬藩は江戸よりも、いや、筑前福岡藩《ちくぜんふくおか》よりも朝鮮半島近くに立地していた。ために江戸では思いもよらぬほど朝鮮との交流が続いていた。

「御門玉蘭姫は、当然親朝鮮国派でございますな」

「いかにもさようです」

「親朝鮮国派の面々はこの江戸でなにかを画策して、資力《しりょく》を蓄えようとしたか」

「古一喜三次や安蔵と組んだのは、再建中の吉原を支配下に置く心積もりかもしれませぬな。乗っ取りの資金源は山城金紗縮緬、阿芙蓉、朝鮮人参、そのようなものでございましょうかな」

「次から次へと難題が吉原に襲いくる」

「一夜千両の稼ぎ場所は、そうそうあるものではございませんでな」

政吉の漕ぐ舟は竪川から大川へと出た。

「左吉どの、あの異人館のこと、安蔵は承知であろうか」

しばし沈思した左吉は、

「古一喜三次と御門玉蘭は密なる関わりを持っていると知れました。ですが、仏具屋の元番頭の安蔵はどうですかねえ。金貸し稼業はやっておりますが、どちらかといえば賭場通いが仕事のような、遊び人です。京の方々は遊びにうつつを抜かして商いを顧《かえり》みない者を信用しておりませぬからな。主殺しをした安蔵を内心では邪魔に思うておるのではございませんか」

と首を捻った。

「なんぞ悪どもを一挙に始末する手立てを四郎兵衛様に考えてもらわねばなりますまいな」

吉原会所の舟は大川を上流へと静かに漕ぎ上がっていった。


二日後のことだ。

屋根船が春おぼろの夜の大川に浮かんでいた。

灯りの点された屋根船から高ぶった笑いが響いて、

「お千、ようやく想いが通じたようだな。なんぞ心変わりすることがあったか」

と元仏具屋東都屋の番頭にして、ただ今では金貸しに転じて賭場通いに明け暮れる安蔵の声がした。

「旦那、ちょいとばかり異《い》なことを聞き及びましたので、旦那に尋ねたくなったんですよ」

「なんだい、異なこととは」

「旦那は、吉原に恨みつらみがございますので」

「お千、なぜそのようなことを訊く」

安蔵の返答の声に訝しさと険しさが生じた。

「私もちょいとばかり吉原と会所に恨みがございましてね。妹が吉原に身売りしたんですがね、先の大火事で焼け死んでしまったんですよ」

「なに、お千の妹は吉原の女郎だったか」

安蔵の声音がまた元に戻った。

「三浦屋の薄墨太夫の新造でしたがね、あの火事の折り、読売なんぞで知っての通り、薄墨太夫は会所の用心棒に助け出されましたが、妹はあの猛炎の中に置いてけぼりで狂い死にしたんでございますよ」

「そんなことがな」

と安蔵が応じ、

「おまえさん方、外に出ていなされ」

と自らに従う三人の浪人剣客を屋根船の舳先に追い出した。そこには頬被《ほおかむ》りをした助船頭がいて、往来する船を見張っていた。艫《とも》でもふたりの船頭が櫓を操っていた。

「お千、私は吉原になんの恨みもございませんよ。ただしな、一夜千両が動く山吹色《ぶきいろ》には関心がございますのさ」

「吉原に盗みに入るつもりなんでございますか、旦那」

「鉄火場の修羅場を潜ってきたお千だが、世の中のことはなんにも知っちゃいないな。盗人なんて小物《こもの》のやることとよ。仮宅商いに浮かれて稼ぐ妓楼主の半数も再建なった吉原に戻れるかどうか、吉原をそっくり乗っ取ろうという話ですよ」

お千を手折《たお》れそうだというので興奮の余り、いつもより酒を呑み過ぎた安蔵が胸を張ってみせた。

「旦那、そりゃ、無理ですよ。吉原には町奉行所隠密廻りやら会所が控えてますよ」

「隠密廻りなんて会所に鼻薬《はなぐすり》を嗅がされて骨抜きだ。肝心の会所だが、わが方の軍勢に太刀打ちできねえな」

「わが方って旦那おひとりではないんで」

「御免色里の吉原をじわじわと乗っ取り、その後、実権を握って切り盛りするには私ひとりというわけにはいかないよ。大物のお仲間がねえ」

「おられるので。どなたです」

「お千、なんぼ、おまえでもそれは」

「答えられませぬか。ならばこのお千が当ててみましょうか」

「ほう、面白い。だれだい、この安蔵の仲間は」

「室町で山城金紗縮緬を売り出され、大当たりをとっておられる古一喜三次様でござんしょ」

うーむ、と安蔵が唸った。

「私の奉公していた東都屋の後を買われた古一さんだ、今もお付き合いがあるからね、当たって当然だね。京のお方は商い上手だからな、吉原の切り盛りには欠かせないのさ」

「まだ大物のお仲間がおられますので」

「これから先は秘密ですよ。どうです、どこか船を着けさせてさ、しっぽりと大人の遊びを致しましょうかね、お千」

「旦那、そんな悠長なことで宜しいのですか。旦那は古一喜三次様をお仲間と思うておられるかもしれませんが、あちらはどうですかね」

「お千、なにが言いたい」

「対馬藩の朝鮮通信使来聘御用掛の娘、御門玉蘭が今どこにおられるか、旦那は承知でございますか」

「お、おまえは」

「蛇《じゃ》の道は蛇《へび》、旦那が考えるより鉄火場育ちのお千は早耳にございましてね、異なことというのはそのことですよ」

「なにを承知だえ、お千」

「旦那、そう怯《おび》えなくてもようございますよ。吉原が再建なった暁には旦那のお役目はなんですね。引手茶屋の主、あるいは妓楼の二、三軒も約束されましたか」

「いや、まだそんな話は」

「呑気なことですね。玉蘭って異人の血が流れるお姫様と古一の旦那は、もう使い道がなくなった旦那のことなどこれっぽっちも考えておりませんよ」

「ふたりがこの私を裏切るだと」

「玉蘭姫の実家の御門家には対馬藩の立場を利用して朝鮮交易で得た資金がございましょ、それを利用して吉原にじわりじわりと食い込む算段のようですね。一方、古一喜三次には、山城金紗縮緬を吉原で売り出すという野望がございます。旦那はいったい、吉原でなにをしようというので」

「銭儲《もう》けに決まっておるわ」

「その方策、どうなさいますので」

「仮宅商いも儲けのある見世ばかりではないでな、中には閑古鳥《かんこどり》が鳴いて吉原に新築する普請代に困っておるところもあるそうな。そこへ御門玉蘭様がその金子を貸しつける約束で、名義替えをなさる手筈なのだ。まあ、その諸々の手続きを江戸者の私がやることになるのよ。後ろに十万石格の対馬藩がついておるでな、大船に乗ったような商いだ」

「あれこれと吹き込まれましたな。吉原が再建なった暁には五丁町《ごちょうまち》を吉原会所に代わり玉蘭と古一の旦那が仕切られますので。そのとき、旦那の立場はどうなりますか」

「お千、吉原再建はだいぶ先のことだ」

「いえ、吉原会所の四郎兵衛様方はこの冬にも仮宅を閉じたいと考えておりますよ」

「私ひとりだけが仲間外れというのか」

「そんなことを呑気に申されて、私が見るところ旦那はすでに梯子《はしご》を外されておりますね」

「なぜそんなことを言い切れる、お千」

「ご案内申します」

「案内とはどこへ」

「旦那は、この江戸に対馬藩の息がかかった異人館があるのを知っておられますか」

安蔵が首をがくがくと横に振った。

「その館で連夜、玉蘭と古一の旦那は会うておられますよ」

「そんな馬鹿な」

「一目瞭然《いちもくりようぜん》、百聞は一見に如《し》かず」

いつの間にか屋根船は小名木川へと入り込み、深川海辺大工町《うみべだいくちよう》の土手下に静かに停船した。するとお千が行灯の灯りを、
ふうっ
と吹き消し、屋根船の障子を薄く開けて、

「旦那、ちと辛抱してくださいな、面白い見物ができますよ」

とお千が外を見るように促した。

障子の間から外を見た安蔵が、

「ここはどこだ、お千」

「小名木川にある御三卿田安家と常陸土浦《ひたちつちうら》藩土屋《つちや》様の下屋敷の対岸に私どもは船を舫ってますのさ」

安蔵の目には二家の石垣と石垣の間に幅二間半（約四・五メートル）ほどの水路が北へと巡らされているのが見えた。

屋根船はちょうどその出入り口に舫われていた。

「お千、冗談か。私にはこの界隈になんの縁も所縁《ゆかり》もないよ」

「それがございますのさ。田安邸と土屋様の下屋敷の裏手は深川元町にございま

してね、そのど真ん中には土地の住人が立ち入ったこともない場所がございますのさ」

「そこが対馬藩の息がかかった異人館というのか」

「はい」

とお千が自信たっぷりに言い切った。

「お千、おまえは何者だ」

「壺振りのお千でただ今のところはよいではございませんか」

「私が知らぬ正体があるというのか」

しいっ
とお千が制止した。

ふたりの視界に堀留の奥から忽然《こつぜん》と黒い小型の早舟が姿を見せた。

安蔵が見たこともない細身の舟で、小名木川に出てくると忽《たちま》ち大川の方角へと姿を消した。

「あの舟は異人館から出てきたのか」

「はい」

「堀留の奥に舟隠しへの出入り口があるのか」

「そんなことでは忽ち秘しているはずの異人館があると知れてしまいましょう」

「分からん」

「今晩ひと晩、お付き合い願いますよ。互いに生きるか死ぬか、旦那にとっても正念場《しょうねんば》にございますからね」

「正念場だと」

「まあ、あの黒舟がだれを迎えに出たか、旦那の目で確かめてくださいな」

よかろう、と答えた安蔵が徳利を引き寄せた。

一刻後、黒舟が戻ってきた。その黒舟の真ん中に夜目にも分かる古一喜三次がどっかと座っていた。

「古一め、この安蔵を裏切ってひとりだけ抜けがけする気か」

叫び出そうかという安蔵を、お千が口を押さえて止めた。

「旦那、焦らないでくださいな、京の古狸《ふるだぬき》の尻尾を摑まえるにはそれなりの仕度が要りますよ。忍び込むのだって並み大抵ではないんですからね」

「お千、異人館に忍び込むのか」

「おや、旦那は参られませんので」

「行くよ。あのふたりの勝手にさせて堪《たま》るもんか」

「その意気です」

屋根船の舳先に出されていた浪人剣客三人のところに、艫にいた船頭のひとりが姿を見せて、

「おまえさん方の役は終わった」

と囁きかけ、

「なんだと」

と立ち上がりかけた用心棒侍の額を、いつ手にしたか、助船頭が折れ櫓で作った短い棒を振るって手際よくこつんこつんと殴りつけ、次々に失神させた。そうしておいて倒れかけた三人の体をふたりの船頭が抱き止め、土手上に抱えて消えた。

最後に艫に残っていた主船頭が船を離れた。

九つの刻限を告げる時鐘が深川界隈に鳴り響き、さらに半刻後、お千が酒に酔った安蔵に、

「旦那、そう酔っちゃあ肝心要の時に役に立ちませんよ」

と囁きかけた。

「お千、私は大丈夫だよ」

抱きつこうとする安蔵の手を振り払ったお千が言った。

「そろそろ出陣の刻限ですよ」

その言葉に安蔵が、

「異人館に乗り込む刻限か、お千」

と酔っぱらった口調で応じたとき、屋根船にこつんと当たって一艘の黒舟が横着けされた。

「旦那、館に乗り込むには黒舟に乗り換えてもらいますよ」

屋根船の障子が開けられると細身の黒舟が並びかけ、安蔵はその艫と舳先に用心棒の浪人剣客らが無言で控えているのを見た。

「旦那、水に落ちないように黒舟に乗り換えてくださいな」

お千の助けで安蔵が黒舟の胴中に乗り移り、舟の前後を見回して、

「先生方、早乗り込んでおられましたか」

と酔眼《すいがん》で用心棒を見やると三人が無言の裡《うち》に頷いた。そのひとりが櫓を握っていたが、酔った安蔵は訝しくも思わないで、

「お千、異人館忍び込みのお手並みを拝見するぜ」

と言った。

「それには仕掛けが要りますのさ。ほれ、あちらからその仕掛けが」

　とお千が小名木川と大川の合流部の方角を見た。安蔵が酔った体で大儀そうに振り向くと、

「対馬藩御用」

　と高張り提灯を掲げた三艘の黒舟が滑るように安蔵が乗る舟の前で方向を巧みに転じて、田安家と土屋家の間の水路に次々に入っていった。それを見た安蔵の黒舟も三艘に続いて水路に舳先を突っ込ませた。

「お千、対馬様の尻にくっついて屋敷に潜り込むなんてなにやら大仕掛けだな、大丈夫かね」

「主家の東都屋を食い潰し、京者の古一喜三次に店の権利を売り渡したほどの悪党の旦那が、今更臆病風に吹かれることもありますまい」

「一体全体おまえは何者だ、お千」

「異人館への案内人ですよ。そこが地獄か極楽か、安蔵旦那の目で確かめてくださいな」

　四艘の黒舟は迷いもなく水路をまっすぐに進んでいく。

　安蔵は前方を行く三艘の黒舟に五、六人ずつ鉢巻に襷《たすき》掛けの対馬藩士が緊張

の面持ちで乗っているのを確かめ、

「ありゃ、味方だろうね」

とお千に問うたが返事はなかった。

四

四艘の先頭を行く黒舟の前に田安家下屋敷の高い石垣が現われた。その石垣に水路は塞がれ、田安家と土屋家の北側の塀に沿って直角に曲がって左右に流れていた。

だが、先頭の黒舟は舳先を正面の石垣に向けてゆっくりと進んだ。

高張り提灯の灯りに、高い石垣の一角に鉄格子が嵌め込まれ、幅一間余、高さ四尺（約一・二メートル）余の水路がさらに石垣の内部へと続いているのが見えた。

舟足を緩めた黒舟の前の鉄格子が音もなくするすると上がり、黒舟は石垣の中に吸い込まれるように一艘、また一艘と消えていった。

四艘目の黒舟も続き、背後で鉄格子が下がってきて一艘目の舟の高張り提灯がちちちらと遠くに見えるのがただひとつの灯りとなった。

「お千、ちょいと酔狂が過ぎないか」

「旦那、そろそろ覚悟を決めるこってすね」

安蔵がお千の顔を顧みたが、先頭の黒舟の灯りを背にしたお千の顔は黒く沈んでいた。

「お千、そろそろ正体を明かしねえ」

と安蔵が賭場で覚えた乱暴な言葉で命じた。

「おまえ様に博奕の手解きを受けて、東都屋をしくじった松次郎って職人がおりましたね」

「ま、松次郎だって」

安蔵の声が震えた。

「おまえさんの身代わりに東都屋の主殺しの汚名を着せられて、小塚原で錆槍の穂先でどてっ腹を何度も抉られて狂い死にした仏具職人の松次郎ですよ」

「おまえは松次郎のなんだ」

狼狽《ろうばい》した声が問うと石垣の水路に反響した。

「おっ母さんこそ違いますがね、松次郎は私の兄さんなんですよ。おまえさんの言葉を信じて身代わりに立つ前に兄さんは私にすべてを文で知らせてきましたのさ。私は文を読んだときから、安蔵に、つまりはおまえさんに騙されたと分かりましたがね、もう町奉行の支配下にあって手も足も出せませんでしたよ」

「松次郎の異母妹がお千だと」

落ち着きを取り戻したか、茫然と安蔵が呟いた直後、狭い石組の水路を抜けた黒舟四艘は灯りに煌々と照らされた水堀に次々に入り込んでいた。

深川元町の地下、朝鮮館内城に十数間四方の舟隠しの水堀があった。水堀の一辺は石段になって、石段の上にチマチョゴリを着た御門玉蘭が立ち、傍らに古一喜三次の姿もあった。

対馬藩御用の高張り提灯を立てた黒舟から陣笠を被った武家が立ち上がった。

「対馬藩江戸家老《がろう》、大浦権之兵衛《おおうらごんのひょうえ》である」

「大浦様、何用あってかような刻限に参られましたな」

「黙れ、御門玉蘭。そのほう、だれの許しを得て藩直轄の朝鮮館に隠れ潜んでおるや」

「わが家系は代々朝鮮通信使来聘御用掛、対馬藩宗家と幕府の間に立ちて日朝の交易を円滑《えんかつ》に進めるのが役目、釜山の倭館同様に江戸の朝鮮館は我々の思うように使うことを許されております」

大浦権之兵衛が胸に差した封書を取り出すと、

「宗義功様上意《じょうい》、御門玉蘭、謹《つつし》んでお受け致せ」

封を披《ひら》こうとする大浦の耳に玉蘭の笑い声が聞こえ、その笑いは石垣の地下の舟隠しに大きく反響して木霊《こだま》した。

「玉蘭、もはやそなたらの所業、藩および幕府の知るところである、逃げ隠れはできぬ。そなたの父、御門教丈《きょうじょう》はすでに藩目付の支配下にある」

対馬藩江戸屋敷に老中松平定信の密使が訪問して、江戸を騒がす御門玉蘭らの所業すでに明白、藩が始末せねば幕府の大目付を差し向けるとの強談判《こわだんぱん》に、十六歳の義功は対馬藩内を二分して活動してきた親朝鮮国派を切る決断をなさざるを得なかった。

「ご家老、そなたもわれらが考えを一旦は黙認したはずであったな。父を幽閉するなどできようか」

玉蘭の声に憤怒があった。

「御門玉蘭、もう一度申し渡す。宗義功様上意である、神妙にお受け致せ」

ふたたび玉蘭の狂笑が地下の舟隠しに響いた。

「朝鮮館はわが御門家の砦、この玉蘭を捕えたければ捕えてみよ、大浦権之兵衛」

黒舟から対馬藩目付らが石段に飛び移り、剣槍《けんそう》を構えた。

玉蘭が片手を上げた。

対馬藩目付らが石段を駆け上がり、玉蘭に殺到しようとした。

玉蘭の片手が振り下ろされて、銃声が沸き起こった。

地下の舟隠しの石積みの上に鉄砲方が配置され、朝鮮の交易物に紛れて江戸に運び込まれていた、何丁もの南蛮《なんばん》鉄砲が一斉に火を噴き、玉蘭を捕縛しようとした対馬藩目付方をきりきり舞いに石段に伏し倒した。

四艘目の黒舟に乗っていた安蔵が立ち上がり、舟が揺れた。

銃声が一旦止んだ。

「おや、おまえは安蔵はんやおまへんか」

玉蘭の傍らに立っていた古一喜三次が長閑《のどか》にも呼びかけた。

「古一、この私だけを除け者にして旨い汁を吸おうなんて許さないよ」

「安蔵はん、おまえはんの役目は終わりましたんや、もうなんもございまへんがな。室町のお店も頂戴致しましたしな。それにおまえはん、主殺しの大罪人や、玉蘭姫も迷惑やて申されてますがな」

「利用するだけ利用して吉原をふたりだけで乗っ取ろうというのか」

「まあ、そんなとこどす」

古一喜三次が懐から短筒を出して構えた。さらに玉蘭の片手がふたたび上がり、黒舟に立つ大浦権之兵衛の胸に石積みの鉄砲方の銃口が一斉に向けられた。

「おのれ、玉蘭。義功様の意に逆らうか！」

大浦の悲鳴のような叫びに呼応《こおう》するようにふたたび銃声が起こった。

だが、銃弾は大浦の体ではなく、石積みの鉄砲方に集中して大混乱を巻き起こし、不意に止んだ。

四艘目の黒舟から、

「ちょいと左吉様方の到着が遅れましたな」

と四郎兵衛の声が呟いた。

左吉の道案内で五間堀、六間堀の迷路から地下通路を経て朝鮮館内城に侵入した幕府大目付鉄砲隊が、朝鮮館の鉄砲方たちに反撃を加えて制圧した瞬間だった。

先の夜、幹次郎と左吉が捕縛した三人から命を助ける代わりにと朝鮮館の見取り図を聞き出したのだが、図面と実際ではだいぶ感じが違い、侵入に手間取ったとみえた。

立ち上がっていた安蔵が、

「おまえは」

と自らが伴ってきた用心棒剣客に話しかけた。すると腰の大小を舟隠しの水面に投げ込み、頰被りを脱ぎ捨てた吉原会所の七代目頭取四郎兵衛が、
ひょい
と舟から石段脇へと跳び降りた。

「吉原会所の四郎兵衛どのじゃな、助かった」

と大浦がほっと安堵の声で言いかけ、

「銃弾に傷ついた者らを舟に収容せえ」

と残った藩士に命じた。

四艘目の舟から四郎兵衛に従うように薄汚れた衣服を脱ぎ棄《す》てて飛び降りた、着流しの者がいた。

一文字笠を目深に被ったふたり目を見て、

「神守幹次郎」

と玉蘭が驚きの声を上げた。

「いつの間に先生方が」

「安蔵、おまえの用心棒侍なんてとっくに始末されて吉原会所の方々に摩り替わっていますのさ」

とお千が言い放った。

櫓を握っていた三人目が頬被りを取った。すると番方の仙右衛門の顔が現われた。

「畜生！　お千に騙されたか」

安蔵が舟から石段に跳び降りた。

「安蔵、兄さんの仇だ。おまえにはたっぷりと苦しみ抜いて死んでもらうよ」

とお千が帯の間に隠し持っていた剃刀《かみそり》を抜いて安蔵に迫った。

四郎兵衛が石段を逃げようとする安蔵と追うお千をちらりと見て、

「大浦様、この御門玉蘭の始末、吉原会所にお任せ願えませぬか。吉原会所には、伊勢亀山藩ご家中の新橋五郎蔵様、美濃大垣藩ご家中の法村参之丞様とふたりのお馴染様、それに遊女の夏芳と、この玉蘭の刃に掛かって殺された、三人の仇がございますのでな」

「相分かった」

と大浦が四郎兵衛の願いを受け入れた。

「玉蘭様、旗色《きしょく》が悪うなりましたがな」

古一喜三次が短筒で四郎兵衛らを牽制すると玉蘭がチマチョゴリの裾を翻して石段の背後の扉へと逃げ込んだ。古一喜三次が続き、さらに幹次郎が追った。

「待て、古一喜三次、待たんか」

と安蔵がなにを思うたか、幹次郎に続いて扉の向こうに飛び込もうとした。

お千が羽織の袖口を摑み、引き戻した。屋根船でしたたかに酒を呑んだ安蔵がよろよろと後ろによろめき、
くるり
と身を回してお千と向き合った。

「ようも兄さんをむごい目に遭わせたね」

お千の剃刀が閃いて、安蔵の頰を斬りつけた。

「ひえっ、お千、許してくれ」

「それに東都屋の旦那の仇もあるよ」

ふたたび剃刀が舞って、安蔵の額を裂いた。

「死にたくはないよ、お千。なんでも言うことは聞く」

「みれんたらしいね」

三度目、剃刀が翻って安蔵がお千に摑みかかろうとした。その手を斬りつけた剃刀がさらに振るわれて、よろめく安蔵の喉を深々と斬り裂いた。

血飛沫《ちしぶき》が喉からぱあっと散った。

「兄さんの仇、地獄に落ちな」

お千の言葉を恐怖の眼差しで聞いた安蔵が尻から崩れるようにその場に倒れ込んだ。

「お千さん、見事に仇を討ちなさったね」

と仙右衛門の声がして、立ち竦むお千に言った。

「番方」

「あとはわっしらに任せなせえ」

と言った仙右衛門の右手に抜身の匕首があって、扉の奥へと飛び込んでいった。

幹次郎は階段をいくつも上がり、玉蘭と古一喜三次を高楼へと追い詰めていた。

ふと疑問が湧いた。

朝鮮館が外界と結ばれる方法は主に水路か、地下通路のはずだ。それがふたりは上へ上へと逃げようとしていた。

がたーん

と石床と石の壁に扉が閉じられたような大きな音が響いて、その直後、幹次郎はその大広間に入った。

朝鮮王朝のものと思われる調度や家具や敷物や寝椅子で飾られた大広間は無人だった。大きな蠟燭《ろうそく》を点した異国の燭台《しよくだい》が何基もあって、大広間を明るく照らしていた。

幹次郎は大広間に幽かに白檀香の匂いが漂っていることに気づいた。

「神守様」

という声がして左吉が姿を見せた。

「ここまで追い詰めたことはたしかなのだが」

頷いた左吉が大広間の壁のあちらこちらを手で叩いて回り、造り付けの飾り棚の前で動きを止めた。さらに幅三間（約五・五メートル）、高さ八尺（約二・四メートル）ほどの飾り棚のあちらこちらを触っていると、突然飾り棚が横へと滑り動いて、隠し扉が姿を見せた。

最前、がたーんと音を響かせて閉じられたのはこの扉か。

左吉が扉の取っ手を摑んで押すと夜気がふたりの顔を触った。

暗い階段の上から冷たい空気が流れ込んでいた。

「ちょいとお待ちを」

左吉が鉄の燭台の一基を手にしてきて、階段を照らした。

「屋根へと通じておるのでございましょうか」

「どうやらそのようだ」

幹次郎は階段を駆け上がった。

燭台を手にした左吉があとから続いたが、灯りを消さないように手で炎を覆ったために幹次郎よりだいぶ遅れた。

幹次郎は、天窓が開かれた屋根に顔を出した。すると反り返った屋根の一角に御門玉蘭と古一喜三次がいて、屋根に立てられた鉄柱から深川三間町の火の見櫓《やぐら》に向かって綱がぴーんと張られているのが見えた。

「玉蘭姫、そなたも朝鮮の血を引く女なれば、敵に後ろを見せることなく尋常の勝負を致せ」

幹次郎が静かに呼びかけると、
きいっ

と眉を吊り上げた玉蘭が幹次郎を振り返った。

天窓から姿を見せた幹次郎と、玉蘭と古一との間には七、八間（約十三〜十四・五メートル）の空間が広がっていた。

幹次郎は屋根に身を乗せた。

夜の深川一帯が眺め渡せた。

「吉原の裏同心たら、えろうしつこうおすわ。玉蘭様、ここいらで始末つけまひょ」

と短筒の銃口を向けた。

幹次郎はばたばたと風に鳴る一文字笠を取ると、手にした。

「わての短筒と笠で勝負しはる気やろか、えらい用心棒はんやで」

幹次郎は天窓から身を横にずらし、玉蘭と古一が立つ場所を改めて見た。

張り渡された綱には滑車《かっしゃ》に掛かった籠が見えた。それに乗って空中を移動し、ふたりは火の見櫓まで逃げる気か。すでに玉蘭の手は籠に掛かっていた。

「深川界隈には幕府の捕方の手が入っておる。逃げることは叶わぬ」

玉蘭の手が籠から外れた。そして、背に負うていた異国の剣を抜いた。

幹次郎は手にしていた一文字笠をふたりに向かって、ふわりと投げた。

その笠の動きに一瞬古一喜三次の注意がいった。

そのとき、天窓から左吉が姿を見せると火が消えた燭台を古一喜三次に向かって投げた。

鉄製の燭台がくるくると回転しながら飛び、重い台座が古一喜三次の胸を強打した。

ぎゃあっ
古一の体がよろめいた。その弾みで引き金に力が掛かって引かれ、銃声が響いて銃弾が夜空へと飛び去り、体の均衡を崩した古一喜三次は、
あああっ！

と悲鳴を上げながら朝鮮館の屋根から地上へ落ちて消えた。

玉蘭が一旦離した籠に片手を戻した。

「玉蘭姫、そなたひとり逃げるわけにもいくまい」

籠に掛かった片手が引き離されて、玉蘭が大屋根の勾配《こうばい》を上がり、一番高い瓦の上に立った。

幹次郎も草履を脱ぎ棄て裸足になると玉蘭の動きを牽制しつつ、同じ高みまで上がった。

強い風が屋根を吹き渡り、玉蘭のチマチョゴリの裾が靡いて、白い脚を露わにした。

幹次郎と玉蘭は間合三間ほどで睨み合った。

玉蘭が片手に強いしなりを持つ直剣を構えた。そして、もう一方の手を体の均《きん》衡《こう》を取って横手に突き出した。

幹次郎はするすると間合を空けた。

ふたりの距離が五、六間（約九〜十一メートル）と広がった。

幹次郎は初めて刃渡り二尺七寸を抜き放ち、頭上に突き上げた。

「参る」

無言の裡に玉蘭が頷き、瓦の上を軽やかに走ると虚空に跳んだ。

幹次郎もまた腰を沈めて突進すると、

「ええええいっ！」

気合が朝鮮館の大屋根に響き、虚空に跳んでいた。

その瞬間、突風が大屋根を吹き抜けた。

チマの裾がさらに大きく捲《まく》れ上がった。だが、玉蘭は動じる様子はない。

左吉はふたつの人影が大屋根を見下ろすように高く高く舞い上がったのを見て

いた。

玉蘭はしなやかに流れるような飛翔で幹次郎に迫った。片手の直剣が虚空を斬り裂いて伸びていく。

幹次郎の跳躍は玉蘭のそれと比べて垂直に上がっていた。

ために玉蘭の見せた飛翔より体ひとつ分高く上がり、頭上の二尺七寸の刃を背に打ちつけると、
ちぇーすと！

の声を夜空に響かせて玉蘭の直剣を上から捉えた。

飛翔しながらも玉蘭は幹次郎の打撃を直剣で弾こうとした。

だが、幹次郎の体重を乗せた刀の重みを弾き返すことができずに直剣と一緒に押し潰されるように額を打ち砕かれていた。

きゃああっ！

玉蘭の絹を裂くような絶叫が朝鮮館の大屋根に響き渡り、チマの裾を翻して瓦に叩きつけられた体がごろごろと転がり、朝鮮館の中庭の石畳へと落下していった。

ふわり

と幹次郎が屋根瓦に猫のように飛び降りた。

ふうっ

と大きく息を吐いた。

屋根の上に玉蘭姫の身につけていた白檀の香りが漂い残っていた。

白檀の　香り残して　生絶ちぬ

血振りをした幹次郎はそろりと鞘に先祖伝来の刀を納めた。

弦月が、蒼《あお》く浮かび上がらせた幹次郎の姿をひっそりと見守っていた。

二〇〇九年三月　光文社文庫刊

光文社文庫

長編時代小説
異《い》　館《かん》　吉《よし》原《わら》裏《うら》同《どう》心《しん》(11)　決定版

著者　佐《さ》伯《えき》泰《やす》英《ひで》

2022年9月20日　初版1刷発行

発行者　鈴木広和
印刷　萩原印刷
製本　ナショナル製本

発行所　株式会社　光文社
〒112-8011　東京都文京区音羽1-16-6
電話　(03)5395-8149　編集部
8116　書籍販売部
8125　業務部

ISBN978-4-334-79408-8　Printed in Japan

組版　萩原印刷